J A C K O F S P A D E S

黑桃 J

[美] 乔伊斯·卡罗尔·欧茨◎著

李毅峰◎译

A Tale of Suspense

新 华 出 版 社

图书在版编目（CIP）数据

黑桃J/（美）欧茨著；李毅峰译
北京：新华出版社，2016.8
书名原文：Jack of Spades
ISBN 978－7－5166－2530－9
Ⅰ.①黑…　Ⅱ.①欧…②李…　Ⅲ.①长篇小说—美国—现代
Ⅳ.①I712.45
中国版本图书馆CIP数据核字（2016）第102995号
著作权合同登记号：图字：01－2015－7702号

黑桃J
作　　者：（美）乔伊斯·卡罗尔·欧茨　**译　　者**：李毅峰
责任编辑：李　成　**封面设计**：图鸦文化
责任印制：廖成华
出版发行：新华出版社
地　　址：北京石景山区京原路8号　**邮　　编**：100040
网　　址：http：//www.xinhuapub.com　http：//press.xinhuanet.com
经　　销：新华书店
购书热线：010－63077122
中国新闻书店购书热线：010－63072012
照　　排：彩丰文化
印　　刷：北京凯达印务有限公司
成品尺寸：145mm×210mm　1/32
印　　张：7.125　**字　　数**：130千字
版　　次：2016年8月第一版　**印　　次**：2016年8月第一次印刷
书　　号：ISBN 978－7－5166－2530－9
定　　价：32.00元

目　录

第一部分

第二部分

第三部分

我们站在悬崖的边缘。我们窥视脚下的深渊——

我们感到恶心与眩晕。面对危险，我们起初的冲动开始退缩。

莫名其妙地，我们活下来了。

埃德加·爱伦·坡　《反常之魔》

第一部分

第一章　斧头

一把斧头朝我挥来。斧头疯狂地上下挥舞，朝着我的脑袋猛劈过来。我试图从蹲着的姿势站起来，却失去平衡。我拼命想逃离，腿却不听使唤。我听到一个嘶哑的声音祈求着——“不要！请不要！不要！”——（这是我自己压抑的声音吗？无法辨认。）——斧头落下，陷入到书桌里，溅起木屑，就在我的脑袋旁，只差了几英寸；这时我已经沉重地倒在了地板上，东方地毯覆盖下的地板非常坚硬。我挣扎着恢复平衡，想要夺过斧头，拼命地抓住它，绝望使我的头脑一片空白，我不停地挥舞斧头，我听到尖细的、不似人类的声音（是我的？还是袭击我的人的？）——“不！不……”——匆忙之中，我瞥见了袭击者短粗的手指和像死人一样苍白的胳膊，肌肉松弛，罩在睡衣的单薄的袖子下，还听到胜利与暴怒夹杂的低沉的叫喊；我又举起了斧头，粗糙的斧刃放射出迟钝的光芒，尸体倒下的摇晃变得一发不可收拾，斧头砍入人骨就像砍入一个没有硬壳保护的西瓜一样简单，动脉里的血汹涌地流淌出来，中间还夹杂着灰白色的脑浆。

还有一个声音，好似无法相信现实地说：不，不，不，不，不。

第二章　“黑桃 J”

五个月两周零六天前，一切开始了，起初一切都是无辜的。根本没有理由担心“黑桃 J”会卷进来。

在哈伯顿（Harbourton），没人知道“黑桃 J”——即使现在，依然没人知道，安德鲁·J. 拉什（Andrew J. Rush）身边的人——包括我的父母、妻子和孩子、邻居、从高中起就亲近的朋友，没有一个人知道。

五十三年前，我出生在这里，这片位于新泽西的城郊结合的社区，我在这里跟我亲爱的妻子，伊丽娜，一起生活了十七年，大家都知道我叫“安德鲁·J. 拉什”——大概是当地居民中最有名的一位，一位写推理－悬念小说的畅销书作家，我的作品还有点让人毛骨悚然（不是很恐怖，不让人讨厌，不让人不安。从不淫秽，也没有性别歧视。我会优雅地对待我的悬疑小说中的女性人物，除了一些必要的邪恶表现。我的小说中的尸体一般都是白人成年男性。）二十世纪九十年代，在我出版了第三部畅销小说后，媒体开始关注我——他们说：安德鲁·J. 拉什是绅士们眼中的斯蒂芬·金。

当然，他们过奖了。二十五年来，虽然我的小说的销售数量要以百万记，但是这个百万只是两位数的百万，而没有像斯蒂芬·金那样超过三位数的百万。虽然我的小说被翻译成了三十种语言——（我自己都感到吃惊，因为我只懂一种语言）——我确信斯蒂芬·金的小说肯定被翻译成了更多种语言，比我的更赚钱。我的小说只有三部被改编成了电影（而且很快为大家所遗忘），两部被拍成电视剧（远非付费有限电视）——不像金一样，他被改编成电影或电视的小说数都数不过来。

提到钱，安德鲁·J. 拉什挣的也没法跟斯蒂芬·金相比。但是，如果你挣的钱税后超过了三千万，你也不再会去在乎它，就像一个连环杀手杀了几十个人之后，再也不在乎杀了多少人一样。

（请原谅！我想我说的有些太冷酷无情了，我肯定要是亲爱的伊丽娜听到这番话，一定会踢一下我的脚踝以示谴责，我在公众场合说错话的时候她有时会这样做。我一点都不想冷酷无情，只是想显示一下我的“机智幽默”——用我自己拙劣的方式。）

无论媒体如何吹捧我，将我与斯蒂芬·金相提并论，如果我的出版商未经金许可的话，我都不让他们在我小说的包书纸上这么说；我对斯蒂芬·金的崇拜——（是的，我对他的嫉妒）并没有蒙蔽我，我知道如果这么做的话会冒犯他，同时也是在利用他。但是斯蒂芬·金似乎一点都不介意。据报道，他只是笑了笑——总之，谁稀罕做“绅士们眼中的斯蒂芬·金”啊？

（这是一位文学传奇人物居高临下的评价吗？就像拍走一只讨厌的苍蝇，还是对同行的善意反驳？因为安德鲁·J. 拉什是一个善良的人，因此我选择相信后者。）

作为答谢，我给斯蒂芬·金寄去了我最知名的几本小说，并亲手签上了我的名字，寄到了他在缅因州班格尔的家。我在最新出版的一本书的扉页上题写了几行玩笑话——

史蒂夫，不是骚扰者——

只是一位心怀崇拜之情的同行！

安德鲁·J. 拉什

“安迪”

米尔布鲁克庄园

哈伯顿，新泽西

当然，我根本不指望能收到这样一个日理万机的人的回复，确实，我也没有得到任何回复。

安德鲁·J. 拉什竟然和斯蒂芬·金相提并论！虽然我确定这只是偶然事件。

据说斯蒂芬·金是由于某个偶然的契机而开始了他非凡的写作事业，与他相似，我有时也会对自己是否有写作才能而感到疑惑；我经常会感到愧疚，那些比我更有写作才能的人没有我的运气，因此他们有理由嫉恨我。我不怎么怀疑我对写作技巧的不懈追求、我的写作热情和意愿，因为*我爱写作*，如果我每天不坐在书桌前工作至少十个小时，我就会坐卧不安。但是有时候午夜梦回，我会感到害怕，不知道我在哪里，不知道谁睡在我身边，想起自己是一个作家会让我感到非常震惊——更别提我还是一位受人尊敬的、有钱的、出了二十八部推理－悬疑小说的作家。

这些小说，都是用大家都知道的我的真名（安德鲁·J. 拉什）出版的。

我和斯蒂芬·金之间还有一个奇怪的共同点：多年前，斯蒂芬·金曾经尝试用另外一个名字——理查德·巴克曼来写作，而我在 1990 年代末期也开始用另外一个名字写作，因为那个时候我用安德鲁·J. 拉什这个名字的写作步入正轨，不需要我像刚开始写作时那样焦虑地投入很多精力。因此，黑桃 J 这个名字诞生了，它的诞生源于我对安德鲁·J. 拉什获得的成功的不安。

最初，我打算用“黑桃 J”这个名字写一部或者两部比较粗糙、更发自内心的、更恐怖的小说——但是，那个时候，第三部、第四部、最后一直到第五部的灵感在午夜的时候偶尔会涌现到我的脑海里。半夜从梦中醒来的时候，我发现我在磨牙——或者说，我的牙齿在磨自己——过一会儿，一部新的“黑桃 J”小说的想法就会进入我的大脑，就像消息或图标不知从哪儿蹦出来跳到你的电脑屏幕上一样。

安德鲁·J. 拉什在曼哈顿有文稿经纪人、出版商、编辑，还有一个好莱坞经纪人，他和他们一直保持着联系；“黑桃 J”在曼哈顿也有文稿经纪人（没那么有名）、出版商、编辑和一个（几乎不知名的）好莱坞经纪人，他们联系得不勤；然而“安迪·拉什”所有的文学合伙人、在哈伯顿的邻居和朋友都知道他，却没有人遇见过“黑桃 J”，他的黑暗惊悚小说通过电子版发送出去，而他的合同也同样是以一种不用本人出现的方式进行谈判。书的封面上，安德鲁·J. 拉什的脸上露出平易近人的笑容，他的眼睛眯起来的时候，眼角有很多皱纹，发际线变高，照片以一个塞满书的书架为背景，他看起来更像位中学教师，而不是一个畅销书作家；而世界上根本不存在“黑桃 J”的照片，在他的书的封底，本该有作者照片的地方，是一片令人惊心的（黑色的）

空白。

在网上，也找不到“黑桃J”的照片，只有他的几本书的封面（骇人且引人注目）照片、一些零星的评论和简短的有关他生平的猜测，这些猜测让我忍不住发笑，很幼稚，但是很有说服力——“黑桃J”是一个笔名，据说他有犯罪前科，因为过失杀人而被囚禁于新泽西的最高戒备监狱，他在那时开始了写作生涯。据说目前他获得了假释，正在写一部新的小说。

有时候有一些不同的猜测，但是同样有说服力，“黑桃J”是一个犯罪学家、心理学家、法医学教授、退休的杀人案侦探、退休的病理学家，有关他的职业，众说纷纭；关于他的住址，也是众说纷纭，有人说他住在蒙大拿，有人说他住在缅因，有人说他住在纽约北部，还有人说他住在加利福尼亚或者新泽西。

有时候，“黑桃J”又被非常不负责任地说成惯犯、可能是连环杀手，从童年时代就开始犯下无数的罪行，但一直没有被捕，甚至没有被人认出来。无论是什么样的猜测，他的名字，就像他的行踪一样，是“不为人知”的。

没人愿意相信“黑桃J”只是一个笔名，事实上他是一个畅销书作家，而不是罪犯。他是一个非常负责任的好男人、一个有公德心的公民。这一点都不浪漫！

要保守这样一个复杂的秘密越来越难，尤其是在这样一个对电子间谍活动高度警惕的年代，但是以“黑桃J”的名义发表了四部小说（第五部正在磋商中）之后，我努力让安德鲁·J. 拉什和“黑桃J”保持距离。

这就是说，安德鲁·J. 拉什的合作者们不知道这个黑暗自我的存在。如果他们知道所有人的安德鲁——“安迪”——拉什竟然在他们毫不知情的情况下有了另一个秘密的作家身份，他们该是多么懊恼！就像一个婚姻幸福的妻子发现她的丈夫已经有多年不忠于她——但是他却没有暴露出任何蛛丝马迹，没有显示出他对婚姻有任何不满。

哦，安德鲁——你怎么能这样！这是多么、多么地令人震惊……

在突然从梦中惊醒的黎明时分，躺在完全信任我的伊丽娜的身边，这样的话语让我的内心由于愧疚而感到一阵紧缩。

……“黑桃J”的小说……那么堕落、那么令人不寒而栗……

是的，我不得不承认：如果不是我亲笔撰写了黑桃J的黑色小说，我自己都会对它们感到厌恶。

当然，我的/我们的身份还没有被揭穿。我肯定这个秘密永远不会被揭穿。

我一直想象着，黑桃J为了保守他的身份秘密会杀人——当然，安德鲁·J. 拉什永远也不会想象伤害人这样的事。（或许这并不完全正确：我曾梦想过“伤害”那些需要惩罚的人。但是在清醒的时候我从来不赞成用刑事审判制度以外的方式惩戒人。接受采访的时候，我会声明：虽然美国刑事审判制度经历了不断的变迁，而且在这个过程中种族主义猖獗，但是我不赞成死刑。）在这两种身份中，黑桃J对自己作为作家的评价更高，或者说他认为自己更“有眼光”；安德鲁·J. 拉什的愿望则更加谦虚一些，他只希望写出一些读者喜闻乐见的、卓越的推理小说，从而受人景仰。然而，安德鲁·拉什多年前获得了“埃德加最佳首部推理小说奖”，而且被提名其他奖项，而黑桃J却从未——迄今为止——获得过任何奖项。

好吧，或许这也不完全是事实。网络上关于最好的黑暗小说、最极端黑暗小说、X级黑暗小说等等的名单上总有黑桃J的小说上榜，公平地说，最保守地估计，黑桃J拥有几千名秘密的狂热拥趸。

为什么我如此担心自己的秘密被揭露出来？我真的不知道原因；我并不是一个罪犯，害怕暴露自己的身份！“拉什”和“黑桃J”挣来的钱，虽然复杂，分别由两个（而不是一个）会计人员来打理，但是他们都一丝不苟地按时交税；我一分钱都没有欺骗过美国政府。（在黑桃J早期的小说中，曾经有过一些耸人听闻的细节描写，一位患有精神病的亿万富翁将一个国税局的工作人员的内脏取了出来——但是安德鲁·J. 拉什对这种哗众取宠的作品感到厌恶。）事实上，我热爱我这种宁静的、波澜不惊的、一成不变的郊区生活，作为一个比较传统的“居家男人”——我喜欢穿“布鲁克斯兄弟”这个牌子，经常戴着领带，因为我喜欢脖子上有东西紧贴着的感觉，就像一个绞索；有时候我是“波西米亚”风格的——（这是家人的戏谑之言）——穿着勃肯鞋，好多天不刮胡子，在模糊的镜子里，看起来像一个动作明星，壮硕的下巴周围长着茂密的胡子，就像出现了返祖现象的野人。对于我年迈但身体仍然健康的父母来说，我是一个善良、孝顺的儿子，虽然有时候我也未尽到孝道。他们生活在哈伯顿的市中心，住在默特尔街上一所红砖灰泥的房子里，我在那里长大。他们将自己“著名的畅销书作家”儿子引以为傲，总是以一种非常自豪和享受的心情来阅读他的作品；对于伊丽娜来说，我是一个有责任心的好丈夫，虽然有时候我会心不在焉。在 1980 年代早期，我们一起在罗格斯大学读书的时候我认识了她；我的三个已经成年的子女无疑会承认我是一个好父亲，甚至是一个“棒极了”（他们的话）的父亲，虽然他们（可能）从未感觉到跟他在一起很舒服，但是哪个作家能够做到让孩子们觉得需要他的时候他就在那里？虽然他的孩子们要求他做到这点。哪个作家能够做到多年来守护在妻子身边？即使当他还爱她的时候。

可以说，这些是公开的秘密。对于这些事情，我们闭口不谈，因为害怕伤害自己最亲近的人。

（因为黑桃 J 没有亲近的人，更没有他爱的人，所以他一点都不担心被揭露出什么秘密!)

虽然五十刚出头的我是一个性情平和的人，但是我确信小时候我得过“多动症”。上小学的时候，我根本无法安静地坐在书桌前，也难以控制地跟同学说话或是撩拨他们。虽然总的来说老师们还算喜欢我，他们也会表扬我的作业，但是我在课堂上却并不是一个表现好的孩子，因为我总是感觉到衣服里有红蚂蚁在叮咬我。我总是忍不住想从座位上跳起来，到处抓挠我的身体，尖叫（用那些我几乎不知道的词语）、诅咒、骂脏话！(但是我当然没有这样做。十岁的时候，我就学会了咬着舌头和嘴唇；我学会了磨我的臼齿，来强迫自己平静。）当我有心神不宁的（他们这样说）举止的时候，我的父母会责备我，但是我并没有遭受过体罚或者是严厉的责备。

我还非常容易出事故！磕绊、摔跤、划伤膝盖、扭伤脚踝或手腕；下楼梯太快，摔下来或脑袋碰到楼梯扶手；十二岁时，在坎特蒙特国家公园的游泳池跳水的时候（或者说是被一个大孩子从背后推下去)，我差点溺水。

现在，我还经常会听到远处传来的叫喊声——*那个孩子！他沉下去了！快救他……*

就在跳水板下。看起来他像碰到了头部……

随着年龄的增长，我渐渐不再那么躁动不安，我这样的情况肯定发生在很多孩子身上，尤其是男孩。幸运的是，在我小的时候，并没有“多动症”这样的临床诊断，因此多动的孩子们也不会接受药物治疗，否则的话，或许在小时候我就要吃带有麻醉效果的药物，这样我的大脑就会受到影响。（没人告诉我小孩子吃如此强力的药物会不会对他们有长期的影响。）在中学时期，我不时想要不做“好学生”，加入那些爱做恶作剧的学生和聪明孩子的行列，虽然这只是暂时的、秘密的想法。我不想给自己的高分数添上不光彩的一笔，让我1979班“最值得信赖的男孩”的名誉受损。

有件事让我觉得烦恼，但是仅仅是一点点——我以安德鲁·J.拉什的名义写的小说没有经常被《纽约时报书评版》评论。即使我的小说出现在评论中，也总是在一个推理惊悚小说的摘要中提那么几句；我以“黑桃J”的名义写的小说从未出现在《纽约时报书评版》中，毫无疑问是因为它们是以平装版的形式发行的，它们的主题粗糙，写作差强人意，所以根本无法进入《纽约时报》的视野。然而，“黑桃J”的书卖得出奇地好，虽然书的作者并不知名，也没有经过任何宣传。他的第一本小说最终卖出大约35000册，而且还一直有人在买。（如果没人买这本书了，我也不会觉得有什么，因为“黑桃J”的太多曝光率可能会揭出安德鲁·J.拉什的秘密，这是非常不好的。我当然不需要这点钱！）但是，几天前一则奇怪的、令人意外的消息出现在《纽约时报》的艺术版，我是不经意间发现的，因为没有人会告诉我注意这则消息：

> 格里芬出版社在他们的秋季出版书单中列出了“黑桃J”的第五部小说，题名为《鞭笞》。“黑桃J”看来不只是一个黑暗推理小说作家，还是一个“神秘作家”[①]，因为没人知道他或者她到底是谁——包括格里芬出版社的出版商、编辑和宣传人员。人们甚至不知道“黑桃J”住在哪里——或者他/她是否还活着（有谣言说他死了），据说他于2006年死于“可疑的原因”，这位愤世嫉俗的知名作家死后留下了未完成的手稿。

读到这条消息，我简直太震惊了——简直是胡言乱语！多么不负责任的新闻！就像流传在网络上的关于“黑桃J”的谣言一样毫无根据。有那么一会儿我感觉到非常恐慌，感觉好像真的有“黑桃J”这样一个个体存在，他是独立的、自主的、我完全不认识的一个陌生人。

我曾经给格里芬出版社的编辑人员放出过消息：“黑桃J”是一个已经退休的职业人士，住在纽约市，他想要对自己的创作

① 作者在这里使用了Mystery Writer一词，此处该词一语双关，既指黑桃J是一个推理小说作家，也指他是一个神秘的作家。

事业保密，这个秘密他甚至连他的家人都不让知道；格里芬出版社的员工都发誓要保守这个秘密。我注册了一个邮箱账号，人们无法通过这个账号追踪到我。我曾经装作是“黑桃J”的经纪人，用这个邮箱给格里芬出版社的宣传主管发邮件试探她，我问她是谁说帮我的委托人（即黑桃J）找到了登上《纽约时报》的办法，这位年轻女士说她不知道。她坚称她只知道遵照嘱咐行事——而这个嘱咐就来自“黑桃J”的经纪人，嘱咐的内容是：他是一个已经退休的职业人士，住在纽约市，他想要对自己的身份保密，我们尊重他的意愿。

我有了一个想法：等“黑桃J”出版了第五部小说后就封笔。因为我不想让他与我的关系——或者说我与他的关系——被人发现。他的突然消失很容易做到，我只要不再以这个笔名写作，而根本不需要向经纪人或者编辑做出解释。很快，这位黑暗小说的作者就会被遗忘，他的书也会绝版。

“爸爸，这是什么？”

一个周末，我的小女儿茱莉亚回家来看我和她妈妈，碰巧在我书房的桌子上看到了一摞“黑桃J”的平装本小说；我把这些封面很吓人的书随便放在书桌上，非常显眼，这些书是从格里芬出版社邮过来的，他们把书邮到了新泽西州哈德利安的一个邮政信箱（我因为“黑桃J”不可告人的秘密而租用了这个邮箱）。

通常，我把“黑桃J”的书拿回来后都会马上把它们藏到地下室里，这是一个安全的地方，地下室有些一通到顶的书架，书架上摆得满满的都是安德鲁·J. 拉什的小说的译本，根本没人会看上一眼。（写了二十八部小说之后，每部小说都有无数的译本，你可以想象到在这个阴暗的地下室里收藏着多少书!）我把每部小说的第一版美国版本及英国版本都收藏在卧室的嵌入式红木书架上，我以它们为傲，因此很愿意将它们展示出来；这些精装本精致而漂亮的封面上通常都印有“安德鲁·J. 拉什”的照片。

“‘黑桃J’——多么古怪的名字！当然，我想那只是个笔名。”

让我感到惊恐的是，我那长着甜美脸庞的女儿茱莉亚拿起一本名叫《死亡之吻》的书翻看着，那本书的封皮非常恐怖，我自己都不想瞟一眼。我的心跳开始变得不规律，我感觉到自己的脸在发烧（因为羞耻和内疚）。我犯了一个多么大的错误！竟然把这些书放在了家人可以发现的地方。我唯一的安慰就是我的书房里总会有一些新书或者是排版的样书，我的家人们都知道；所以这些“黑桃J”的书很容易搪塞过去，我可以告诉他们是出版商让我帮这些书写一些宣传文字。

然而，令我不安的是，茱莉亚一直在翻看这本书，她的脸还不断地做出厌恶的表情。茱莉亚是我的三个孩子中的知识分子，她曾在布朗大学上学，专业是语言学和文学理论；这个专业听起来很诱人，然而却无用，因为这个专业没有让她找到一个赚钱的职业，因此她不得不回到学校——去读一个更有用的研究生学位，她现在在罗格斯大学纽瓦克分校学习社会学和社工专业。(当然，茱莉亚这次新的学术冒险的费用都是我和伊丽娜毫无怨言地承包下来的。毕竟我们有钱!）她受到的学术训练一直教给她“解构”文学，而非仅仅是欣赏文学，或者是从感情上对它产生反应，茱莉亚在布朗大学打磨了她的分析与论辩能力，变成了一个尖锐而无情的批判者，她总是批判她可怜的父亲“安德鲁·J. 拉什”的推理－悬疑小说，根据那些文学理论的标准，这些小说在情节、结构、语言和“想象力”方面都无可救药地老套——就像我的“布鲁克斯兄弟”牌的衣服、平淡无奇的领带和勃肯鞋一样老土。

“表面上看起来惊悚，但是很有趣。很明显有‘性别歧视’——很老套。你认识‘黑桃 J’吗，爸爸?”

不。他当然不认识。

“不是你那些写推理小说的朋友里的吗?”

不。他当然不是。

“他的写作风格是什么?”

不知道。没读过。

“爸爸，如果你不介意，我可不可以借这本‘黑桃 J’看看——作为一个女性主义者，我很想知道我的敌人的结局。”——

茱莉亚随意地把书放在了桌边。

这一小会儿，我就出了一身冷汗。

不不不不不。你别借走。

幸运的是，茱莉亚是一个很容易转移注意力的年轻女士。如我预料，她周日中午离开的时候，已经完全把黑桃J忘到脑后了；当然，她聪明的爸爸没有提醒她。

有了这次教训后，我把所有我的另一个自我——黑桃J的书都藏到了安全的地方，一个以前储存水果的储藏室，并且上了锁。在我们这所历史悠久，后来又经修缮的房子里，储藏室位于地下室的最远端。如果你碰巧往那个方向望去（当然一般人不会这么做），你的视线会被那些一通到顶的金属书架吸引过去，那些书架上面放着安德鲁·J. 拉什小说的译本，它们因为难以看懂而比黑桃J的书更能吸引人的目光。

第三章 法院传票.2014年6月

“该死。”

如果你的名字是拉什（Rush），收到一封写给Rash的信绝对不是一种恭维。要换做其他时候，我会愤怒地把信扔到一边。

但是信封上的地址却是我的——新泽西州哈伯顿米尔布鲁克路111号，米尔布鲁克宅庄园，回信的地址是新泽西州哈伯顿赫克特郡市立法院——看到回信地址，我战战兢兢地拆开信封——(这是停车罚单通知吗？也许是我或者伊丽娜开我的车的时候不经意把车停错了地方?）我看到里面不是一张通知，看起来好像是一张“传票”——我快速地把这份薄薄的、绿色字体的官方文件扫过一眼，文件打字的水平很拙劣，我的名字都错拼成了Andwer J. Rash。

仔细地检查了这份传票之后，我发现这是一个法院文件的复印本，上面盖着新泽西州的章，但是模糊不清，看起来像记忆模糊、忽隐忽现的梦境。我仔细地通读了两遍文件，越读越没有耐心，读第二遍的时候，我的目光停留在文件底部一些令人心惊胆战的文字上：

如果 Andwer J. Rash 未能按传票要求的日期至赫克特郡市立法院出庭，我们将对其下达逮捕令。

这是什么？逮捕？

我把这段话读了很多遍，百思不得其解。

我静静地站在那里，几乎不敢呼吸，这份模糊不清的文件紧握在我手里。

传票是由新泽西州赫克特郡市立法院于 2014 年 6 月 11 日发出的，也就是三天前，是一个名叫 C. W. 海德尔的人起诉 Andwer J. Rash 有盗窃行为。

“盗窃行为？”

太荒谬了，我大笑起来。

我不是因愤怒而发笑，也不是被逗笑了——我的笑是疑惑的笑。

再三地细读过这份模糊不清的文件之后，我大致明白了其中的内容，一个名叫C. W. 海德尔的人（我从来没听过这个名字）起诉Andwer J. Rash是窃贼，而至于为什么这么说，传票中却并未提及。文件只有一页，从上面可以看出是哈伯顿市立法院的欧文·S. 卡尔森法官签署了这张传票。下面一行，市立法院的公诉人阿尔伯特·L. 斯特德曼用潦草的字迹签上了他的名字。再下一行，还有办事员“爱丽丝·弗莱厄蒂”的签名。文件剩下的部分是关于市立法院的信息，主要关注的是交通法庭，而关于“Andwer J. Rash”到底为何被控违法则只字未提。

让我惊恐的是，开庭日期离现在只有几天的时间：周一早晨九点在位于哈伯顿查佩尔街的法庭开庭审理——这是幢古雅的石灰岩建筑，建于1741年，是新泽西州的一个标志性建筑，几年前我和伊丽娜曾经参与过修缮这个建筑的基金募集活动。

这个传票无异于法庭的传唤，或者是一张逮捕令，看起来——如果“Andwer J. Rash”不出现在那个古老的地方法院的话，他就会被捕。

虽然天很热，晴空万里，太阳照得人睁不开眼睛，我依然感觉到后背一阵凉意，就像有风吹过——这是一种令人不安的复杂情绪。

处在这样的精神状态之中，我都不知道我到底在哪儿。一个孩子的声音抗议着——*我什么都没偷！我是清白的。*

我现在不在书房里，而是在房子前面的路边（人们从路上几乎看不到我家的石头房子)。像平常一样，每到午后三点左右，我会从工作中抽身出来休息一会儿，通常我会从没有铺砌的车道走到信箱那里取信件；有时候我会慢跑过去，然后再慢跑回来，有时候我骑着那辆轮胎很窄的英式自行车过去。我家的车道，几乎有四分之一英里长，中间经过的地方以前曾是一片农场，现在长满了野草、野花和小树。从这里走过，是我生命中最美好的时刻之一，我常常会两眼含泪，这是完全属于我自己的时刻。

我心烦意乱地往家里走去。邮箱里的其他邮件——账单、杂志、传单、一叠出版社转发过来的书迷的信件，还有一个我的经纪人寄来的信封，里面可能装着一张数量可观的支票——这些我都无心关注，我会把它们堆到厨房的桌子上，让伊丽娜帮我去看。

进了屋子，光线没有那么强烈，空气中也没有风雨欲来的那种隐隐的不安，我觉得心里有些平静下来。我快步踏上通往工作室的楼梯，关上门，拨通了法院的电话。电话铃响了好久才有人极不情愿地接起来，是弗莱厄蒂女士，她的声音很微弱，就像那份复印文件一样模糊。我努力用平静的声音介绍了自己，然后让弗莱厄蒂女士给我解释一下传票的事情；花了一会儿时间来确认之后，她开始查找记录；在做这些事的过程中，她不停地叹气。一听她说话就知道她是个很老练的官僚，她用一种冰冷而例行公事的口吻告诉我法院签发的传票必须得“遵守”——我周一早晨必须出庭，可以请“法律代表”，也可以不请。在庭审期间，法庭将会对指控做出解释，并且会出示“证据”——如果有的话。

“‘证据’——什么证据?”

这个词——证据——简直太让我震惊了。我真想让她告诉我传票是一个误会，根本不是发给我的。

直到现在，我都在期待着这位女士笑出来，给我道歉。弗莱厄蒂女士花了很长的时间来阅读她自己签过名的文件。

她只是非常执拗地重复那些没用的话。

“‘偷窃的证据’——但是我到底被指控偷窃什么?”

我的声调因为恼怒而高了起来。弗莱厄蒂女士很谨慎地告诉我，庭审的时候将会展示所有的信息，她也不知道具体内容。

“‘偷窃’是一项很严重的指控。我认为这样的指控是诽谤。”

弗莱厄蒂女士没有回答，我接着说：这件事很奇怪，如果我被指控偷窃，为什么没有警察来我的家里逮捕我；弗莱厄蒂女士说：“Rash 先生，这不是刑事法庭——这是民事法庭。你不会被逮捕的。”

民事法庭！当然。我太紧张，都没有意识到这点。

“但是文件上写着警告：我有可能被捕。”

“先生，文件上的意思是如果你‘藐视法庭’，你将被捕，不是说你因为犯罪而被捕。”

“但是——如果我没有‘犯罪’……”

“先生，法庭会裁定你有没有犯罪。庭审就是要做这个。”

弗莱厄蒂女士真是一位训练有素的办事员，她鹦鹉学舌的本领已经炉火纯青，对于裁定这么一个复杂的词语她都能脱口而出，好像是希望我能够被这个词吓退。

“弗莱厄蒂女士！也许你无法理解这种可笑的情形，但是我能理解。请你至少告诉我——‘C. W. Haiden’是谁?”

“我们不能泄露任何信息，先生。”

“但是，这个人我不认识，他/她却指控我盗窃。‘盗窃’到底指的是盗窃什么呢?”

“先生，我已经跟你说过了，我们不知道。目前办公室除了我之外没有别人，即使我想满足你的要求，也没这个能力。”

弗莱厄蒂女士的声音因为愤怒而颤抖。看起来她是想结束这次谈话。我非常着急地问她有没有什么途径可以知道指控的内容，以便为周一的庭审做准备，但是她说：“先生，我不知道。你可以雇佣律师。在法律诉讼案件中，人们通常都会雇佣律师。”

“‘法律诉讼案件’? 我被控告了吗?”

“我不知道，先生。你会在庭审中知道答案。”

“但是你建议我‘雇佣律师’——虽然我完全清白，完全不知道你们在搞什么鬼。”

我能听到弗莱厄蒂女士吸了口气。是不是我说的鬼这个词对她来说等同于语言的骚扰? 她会说我是性骚扰吗?

"Rash 先生，那——"

"'拉什'，我的名字是'拉什'。"

"拉什先生，有——"

"你们在文件上把我的名字全部拼错了。我的名字是'安德鲁·J. 拉什'——"

我好可悲啊，我一直以为在哈伯顿，安德鲁·J. 拉什是一个"众所周知"的名字。很显然，这位市立法院的主任办事员从来没听说过我。

"——你们邮寄给我的传票我几乎无法卒读，印刷太模糊了！这肯定是场误会，我可不想为了一个乱扣帽子的罪名而被强迫到庭。"

"先生，庭审周一九点开始。在这之前，我什么信息都无法提供。"

"但是，求你了，这件事太让我心烦意乱了——"

"Rash 先生，我现在要挂电话了。如果你真的关心这件事的话，我建议你聘请律师。"

"'如果我关心的话'——你这是在开玩笑吗？我当然关心——我被指控盗窃，遭到了被捕的威胁，还被迫聘请律师——"

"这取决于你自己，先生。没有人'强迫'你。"

"你肯定知道，律师他妈的有多贵！我完全是清白的，为什么要花那么多钱去请律师——如果我甚至都不知道我到底被指控什么罪名。”

我感到一阵愤怒。好像安德鲁·J. 拉什这么一个不缺钱的著名作家付不起律师费似的！

“先生，再见。”

“等等！弗莱厄蒂女士，我需要知道——”

但是电话那头挂断了。这时候，我的声音既干涩又委屈。

我在想——*我才应该是那个提出指控的人。太可恶了。*

我想——*但是我没有偷过东西啊。我有吗？*

从昨天我的女儿茱莉亚拿起黑桃J的《死亡之吻》翻阅开始，我就一直感觉到有什么事情会发生，这件事超出我的掌控能力。这个世界上最让我感觉到害怕和愤怒的事，就是失去掌控。

黑桃J不请自来地悄悄蹲在我生活中的一隅，他像黑洞一样，将我生活中所有的光明都吸到了他那里。

我能想象到伊丽娜在另一个房间里拿着电话偷听，脸上带着惊讶和关切的表情。我们两人中，伊丽娜更加情绪化，更容易为事情烦恼，她有的时候碰巧听到我在二楼（位于车库正上方）的书房里紧张地说话——“听起来像恳求别人”——我确定，那时候我根本就没说话，甚至也没有打电话；每周有好几次伊丽娜都会半夜把我从熟睡中叫醒，告诉我我在睡梦中狂躁不安，一直在说梦话，磨着牙齿——“大喊救命”。

在这种时候，我都会非常吃惊，往往会隔几秒钟才会认出伊丽娜，我亲爱的妻子。我不止一次地担心：伊丽娜把我从梦中摇醒的时候，我会一冲动把她推到一边。

我计划着如何才能不让伊丽娜和我的家人知道这个令人沮丧的消息。哈伯顿市立法院的“庭审”一定是对公众开放的，《哈伯顿周报》可能会报道此事，我真不敢去想。

电话铃响了，我急切地拿起听筒，以为是弗莱厄蒂女士对自己的行为感到懊悔，觉得对不起我，因此打电话来提供一些有用的信息。但是电话是伊丽娜从楼下的分机打过来的，问我是不是出了什么事。

“出事？能出什么事，亲爱的？我的新小说遇到了点困难——就是这样。”

确实是这样的。我的新推理小说遇到了困难，写作的过程中，它变得越来越复杂，甚至变成了层层叠叠的结构，而我却难以阻止这种情况发生，对于推理小说这样的体裁来说，这样是很冒险的。小说的名字是《交错》(criss－cross)，小说的结构我本来构思得很简单：在不同的章节，“英雄”和“恶棍”交替出现，他们两个形成鲜明的对比，直到最后一章，“英雄”战胜了“恶棍”。这种体裁的小说的读者们都认为自己和作者之间达成了一种默契——“邪恶”最终会得到惩罚，混乱的局面会变得简单，最后的结局看似出人意料，实则颇令人信服。

那些自诩为知识分子，实则势利眼的人会嘲笑我们这种体裁文学作品的局限性——（包括我亲爱的茱莉亚）——实际上如果让他们来写，他们会非常难以设计一个成功的推理小说。成功的推理小说通常有如下因素：坏人一直在做坏事而没有被发现，直到最后，他的恶行才被人发现，并且受到惩罚；有一个非常清楚而非模棱两可的结局。

黑桃J的小说更为粗糙，结局也更加残酷。小说里到处充斥着邪恶，以至于无法收拾，最后的结局是每个人都死了，或者被杀了。我经常都不知道黑桃J的小说如何收尾，直到写到最后一章的时候，灵感像快速行驶的汽车一样朝我涌来；而安德鲁·J.拉什则会提前几个月精心酝酿小说的结局，因此他的小说结局可以说是内容清晰的典范，很少会让读者感到意外。

这样做不仅对作者好，对读者来说也很好。基本上没人会喜欢意外。

伊丽娜问我需不需要她来我书房，我是不是感到焦虑，我谢绝了她，告诉她没有必要。对于我来说，只有一剂治愈焦虑的良药，那就是工作。

到了晚餐时间，我告诉她，工作已经让我从糟糕的心态中解脱出来了。我经常会这么对她说。

“你确定吗，安德鲁……你昨晚又做噩梦了。”

我不这么认为。

“呃——好像我记得……”

没事，伊丽娜。谢谢！爱你。

我挂了电话，然后才小声地说爱你这两个字。

我亲爱的妻子就是喜欢夸张。伊丽娜以为她刚才偷听到了我愤怒的声音，其实她误解了我的情绪。她对于昨晚我做噩梦的记忆也是错的，昨晚就像黑暗而又平静的大海一样波澜不惊，根本看不出浪花的翻涌。

她对我的关怀让我觉得温暖，当然，是在这种关怀不那么令人生气的时候！

我的手里握着一杯酒——（烈性白酒，我最爱的酒）——我不记得是什么时候倒进杯子里的。

第四章　指控

“该死。”

当然，我无法工作！我的心脏在快速地跳动，我感到呼吸不畅，就像有人或什么东西用一条带子勒在我的胸部。

突然，我有种冲动，决定给 C. W. 海德尔打电话。律师肯定会建议我不要跟指控我（捏造事实，疯狂至极）盗窃的人有任何交流；当然，我无法克制自己的冲动，我想告诉他要有正义感，要公平竞争。我不由得想（这真是一种幼稚的虚荣）——他听到我的声音后会喜欢我的。所有的人都喜欢安迪·拉什！

哈伯顿的电话黄页里并没有列出“C. W. 海德尔”这个名字，倒是有几家姓海德尔的住在镇广场附近那些古老而又历史悠久的街道上。前两个电话没人接，第三个电话在响了两声后有人接了起来，接电话的人声音响亮，可能是一个早熟的小孩，或者是一个稍微有些智力低下的成人——“喂？您好？”

我告诉接电话的人我想找“C. W. 海德尔”，电话那边非常响亮地回答，“我就是！我就是‘C. W. 海德尔’。”

一个小孩！或者，是一个听起来声音像小孩的女人。

我非常尴尬地做了自我介绍。当我说我是“安德鲁·J. 拉什”的时候，我似乎听到了电话那边吸气的声音。

“我打电话是想问问我今天接到哈伯顿市立法院传票的事。‘C. W. 海德尔’——您说您就是——向法庭递交了诉状，指控我盗窃。但是我不明白您说的盗窃到底是什么意思，海德尔女士。(是‘海德尔’女士吧?) 您是说我从您那儿拿了什么东西？可是我们从来都没见过啊。”

沉默。又一次的呼吸声，离听筒很近。

“您好？您是——海德尔女士吗？您在吗？”

听筒那边用低沉、孩子气、狡黠、慢条斯理的声音回答——“是的。”

“您指控我盗窃，您向法庭提交了诉状，能给我解释一下为什么吗？我从您那儿盗窃了什么？”

“你自己知道。”

“我知道——什么？”

“你知道你偷了什么，拉什先生。”

那边的声音大了点，更尖锐了些，不再孩子气了。

“不，我不知道。我不知道我‘偷了什么’——我不知道‘C. W. 海德尔’到底是谁，也根本不认识你。我想至少你欠我一个合理的解释。”

“你别这么干了。你干了这么久，我要阻止这件事。法官会帮我阻止这件事。”

她的声音尖锐起来，向我提出了抗议。我能够想象到她的眼里满含怒火和痛苦的神情。

“阻止什么?”

“你自己知道，拉什先生。你知道你对我做过什么。”

“但是我对你做过什么?”

“偷我的东西。你的小说，里面的内容是从我这里剽窃的。那些东西是我的，你偷走了。你是个剽－窃－者——剽窃者。我要揭发你。

“‘盗窃’——‘剽窃者’——你指控我剽窃？太可恶了。”

“是太可恶了！是的！所以我要揭发你，你应该得到惩罚！我想要回你偷走我的东西，我要让你给我道歉。你欠我钱——版税。”

“你是在开玩笑吗？我认识你吗?”

“是的！你认识我——你偷了我的东西。”

“但是——这怎么可能？偷了什么？怎么偷的?”

“从我的家里偷走的。你一直从我家里偷东西，现在该结束了，会结束的。”

“但是——这不是真的！我不认识你，也不知道你住在哪里——我根本不知道你在说什么。‘内容’——‘小说’……”

“法官会惩罚你，就在周一！到时候你就会看到。全世界都会看到。窃贼！剽一窃一者！人们会鄙视你的。”

这个女人发出了一阵孩子气的狂笑。电话挂断了。

她疯了。疯子。

跟你无关。

给律师打电话。别掺和这件事。

我感到一阵眩晕，无法相信这是真的。我站在书房的八角窗前，望着远处，很久很久——（草地，米尔布鲁克街上来来往往的人流）——却似乎什么都没看到。我的思绪跳跳跃跃，就像鸟儿疯狂地拍打着的翅膀。她说，*鄙视*。这个字好刺耳。*人们会鄙视你*。

剽一窃一者，一个更刺耳的词语。

杀了她。让她噤声，就不再有威胁了。

几千年来，这一直是最有效的策略。

要是黑桃J，就不会有任何犹豫。黑桃J对任何问题都有胸有成竹的解决办法。

第五章　好公民

"肯定是误会。为什么她会选择我。"

我的心里一会儿觉得"C. W. 海德尔"有精神病，她让人匪夷所思的指控与"安德鲁·J. 拉什"无关；但是一会儿我又觉得受到了威胁，好像我的身体受到了限制一样不舒服。

我以前从未被指控过什么罪行，连轻罪都没有。在五十多年的生命中，我收到的汽车违章和超速罚单都可能没超过半打。

我从来没被起诉过，也从来没被"逮捕"过。

我从来没有收到过法庭传讯，也没收到过传票。

我真想向 C. W. 海德尔提出抗议：我是个好人！我是个热爱家庭的好男人，关心社区的好公民。

我是一个受人尊重、崇拜、爱戴的人。

我不是一个卑鄙的罪犯。

我不是一个剽窃者！

你不能鄙视我！

在1998年，我和伊丽娜决定买下米尔布鲁克庄园，当时它就是这个名字。那时候这幢房子杂草丛生，看起来还有些破败，但是非常漂亮，占地11英亩，位于哈伯顿的北边，可以看到整个米尔布鲁克街的景象。

我们买下了这座房产，付了首付，用我头几部小说的收入获得了抵押贷款。那时候我们不富裕——不算富裕！——但是，突然，我们就有了钱，我们有能力住以前想都不敢想的大房子，那个时候，我刚刚开始写作，总是盲目乐观地把我的作品撒网似的送到各个出版社，希望他们出版。

那个时候，我们住在纽布朗斯维克郊区的一所农舍式的小房子里，我在海兰德帕克中学教英语，伊丽娜在蒙台梭利教育机构当教员。一想起那个时候的生活，进入我脑海的词就是单调乏味——虽然我想把这个词从脑海里驱赶出去，就像驱赶一只嗡嗡作响的苍蝇一样，但是这个词还是很可耻地出现在我脑海中。

乏味的人们过着单调的生活。

直到有一天，黑桃J不知从哪里冒了出来。

我们经常会回到距离哈伯顿西南部四十英里的我父母家探望他们，我在那里出生、长大，有过——现在仍然有——很多童年时代的好友。那里的生活也很单调——可能吧——但是我脑海里的记忆总体来说都是美好的。我父亲是小镇的商人（做鞋类及女士手提包生意），与其他商人相比，他的生意做得还不错，从未对生活有过抱怨。然而，在我还是一个十三岁的孩子的时候，看着父亲在商业街上的商店（一个玻璃门面，伫立在众多的门面之中，这些商店都在玻璃窗里陈列着各种商品），我突然有种深深的忧虑：如果要是没人买东西了怎么办？突然——从现在开始——没人了？

在十三岁的时候，有这样一种意识，你会感到恐惧。

这不是那种劈裂头骨、鲜血飞溅、死亡的恐惧。这是一种对乏味的平凡生活的恐惧。

我说过我的童年很快乐吗？在对我的采访中，我一般都是这么说的。

通常情况下，家里的独子总是会有一个快乐的童年，因为没有人会跟他争夺父母的宠爱。

哈伯顿北部是起伏的农田，米尔布鲁克街与美丽的乡村毗邻，富有的农场主、退休的百万富翁和政客都在这里买了房子。对于在哈伯顿长大的人来说，有朝一日能够在米尔布鲁克买一幢古老的房子，是一个浪漫的梦想。

但是——我们能买得起吗？伊丽娜问。

我们能，亲爱的！我向你保证。

我们花了一年多的时间来整修这幢建于十八世纪的农舍，原来的房间很小，木质地板是倾斜的，楼梯非常狭窄、陡峭。原来的地窖是土质的地面，屋顶非常低矮，给人一种压迫感；大多数窗户都已经变形，整个房子冬天的时候非常难以取暖。我们加了一些房间，在房子的一侧加盖了专供客人居住的客房。在挨着起居室的一个房间，我做了一些一通到顶的书架，开始收集我喜欢的书的早期版本：十九世纪三十、四十、五十年代的美国推理小说、侦探小说；一堆乱七八糟的廉价小说杂志，上面有 H. P. 洛夫克拉夫特的“怪异故事”；有埃德加·爱伦·坡、安布罗斯·贝尔士、阿尔杰农·布莱克伍德、M. R. 詹姆斯、罗伯特·W. 钱伯斯、李察·麦森等作家的小说的第一版或早期版本；有亨利·詹姆斯和伊迪丝·华顿的鬼故事；有艾萨克·阿西莫夫、菲利普·K. 迪克、J. G. 巴拉德等作家的颇具哲学意味的科幻小说；还有整整一面墙的二十世纪中期或晚期作家的小说，按从 A 到 Z 的字母顺序排列，有巴克、金、勒奎因、莫罗、斯特劳布……

我的写作室，曾经被《纽约时报时尚杂志》和《新泽西生活》等杂志报道过，位于庄园的第二层，是车库（以前是马厩）上层延伸出来的一个部分。这个洒满阳光的房间有天窗和几扇窗户，从窗户可以远眺外面的一片草地，草地一直延伸到一个大池塘，里面有一些水禽——（绿头鸭、加拿大雁、天鹅）——在懒洋洋地拨动着水面。再往远处，是一片阔叶林，这也是我家房产的一部分；在更远处，从我的书房能够看到米尔布鲁克街灰蓝色的线条。我在这个房间的一张大书桌上，使用电脑创作我的小说，创作的时候我会不时地看看或者记一些潦草的笔记；在桌子旁边的墙上，我挂了图谱、情节提纲、手绘小说“人物”的样貌、事件年表。我是一个心思细密的推理小说家——即使那些不喜欢我的小说的读者（他们认为我的结局都是皆大欢喜）也不得不承认没有人比安德鲁·拉什更加认真地谋划故事情节。

在靠近书桌的窗台上放着我的神奇护身符——我的家庭照、我的“埃德加首部小说奖”、纪念品和一些好运符。

在一个小冰箱里，放着一些快速补给能量的食品：橘汁、杏仁酸奶条、健怡可乐、白酒。

我喜欢待在这里。

这里是我的灵魂。

你永远也别想把我跟我的灵魂分离。

在房间的另一头，对着一个小点的窗户，有一张小些的桌子，据说是一件古董，上面有一些好像用小刀划出的划痕，是我从米尔布鲁克山谷一个古董商那里买来的。我在这张小桌上写“黑桃J”的小说，开始时是手写，写在黄色的信笺簿上；写完一些章节后，我就把这些东西拿到我的大书桌上，输入电脑。

档案：J. S.

“黑桃J”写作的速度非常快，很少会返回去重读。不像

“安德鲁·J. 拉什”一样，我从不精心地谋篇布局——我几乎不会想情节这个东西。

一件事情发生了，紧接着是另一件事。

然后是另一件事。

然后——有一个（不怎么样的）意外事件。

“黑桃J”从来不在半夜前写作。当整个房子的灯都熄灭了，当我完全独处，不会被打扰的时候，当最烈的白酒都起不到作用，而几盎司苏格兰威士忌喝起来味道正好——正好的时候，我才开始写作。

我在写了至少十到十二页自己的小说（也就是说，我以“安德鲁·J. 拉什的名义写的小说）之后，会以“黑桃J”的身份来写作，以作消遣。

如果我将“黑桃J”的写作推迟到黎明时分，我敢断言我的精力不会衰退，不像“安德鲁·J. 拉什”一样，如果在这个时候写小说，他的精力会衰退。

乘坐狂野的云霄飞车。

突然——在半空中，轨道消失了。

有时候我仿佛回到了坎特蒙特公园。像每个孩子一样，我会把对云霄飞车和高高的跳水板的恐惧掩藏起来。还有其他的事情。

坎特蒙特公园位于远岭，是一个州立公园，从小时候我们居住的哈伯顿的默特尔街开车要一个小时的车程。

我们是孩子的时候。兄弟。

在矿坑湖边，爬上泥土色的奇形怪状的岩石，到达位于水面上方的突出的岩石。那里，有一个高高的跳水板。

在矿坑湖上，有两个跳水板：一个高的，一个矮的，它们分别是为胆大的人和胆小的人准备的。一个是给大孩子准备的，一个是为小孩子准备的。小孩子们、女孩儿们、大部分成人都会在矿坑湖“安全”的地方游泳。十几岁的男孩儿、二十出头或者年龄更大一些的游泳健将、喜欢炫耀的人，都会爬到岩石上，那里是至高点。

小点的男孩子有时候是不受欢迎的，要看在那儿的是什么人和什么时间。

在不远处，能够听到叮叮当当的旋转木马的音乐声和云霄飞车上发出的哭声或笑声。

我们这群孩子中有一些人（男孩子们）痴迷于爬到较高的那个跳板上。

“安德鲁？你怎么了？”

是伊丽娜，她站在我身后。

我没有转身——没有马上转过去。虽然我没有听到伊丽娜走近我，但是我脖子上的汗毛却因为恐惧而竖了起来。

“我好像听到了有人在说话。是不是电视声音太大了？”

没有电视，这儿没有。

我亲爱的妻子在凌晨2：35醒来，看到我还没有上床，于是就来找我，发现我在书房的角落里，坐在那张有划痕的古董书桌前，只开着一盏灯，完全沉浸于写作之中——写得非常快，完全是手写，写在信笺簿上。

我努力保持镇定，强作镇定地微笑着，不仅用嘴、而且用眼睛微笑着——“伊丽娜！你为什么不睡觉，亲爱的?”

“我睡了，安德鲁。我十一点就上床了。但是——我想你。”

伊丽娜犹豫地走过来。她穿着一件米黄色的丝质睡裙，光着脚。她的身体看起来很瘦弱、没有曲线。柔软而松垂的小乳房，稍微有些突起的腹部。她暗金色的短发开始变得灰白，纠缠在脑袋的一侧。在暗淡的光线下，她的脸色看起来苍白而又脆弱，就像一张纸做的面具，线条模糊。她关切的眼睛在光线之下形成阴影，看起来就像眼睛下面有污迹。

妻子、母亲、配偶。你应该爱她。

但是你为什么爱她？不是她让你的爱逐渐消磨、所剩无几的吗？

妻子就像一个情绪化的寄生虫，而你是宿主。

妻子的头骨摔一跤就很容易碎裂。

在夜晚，在陡峭的楼梯上——很容易。

我快速地放下笔，把黄色的信笺簿推到一边，这样的话，如果伊丽娜走过来，她就不会低头看——（貌似不经意地）——这样就看不到我写的什么。

我写作的时候，伊丽娜很尊重我的隐私权；她很少会不请自来地进入我的写作室。

因此，孩子们在成长的过程中，也知道要尊重父亲的隐私权。虽然我很少惩罚他们，但是我会训诫他们。

真荒唐，扮演“爸爸”的角色！

这么多年来扮演爸爸的角色！

没有谁比黑桃J更像爸爸的。

“呃，安德鲁，我不想打扰你。你尽量早点睡。”

伊丽娜犹豫地说着。她一定想走过来，抚摸着我的肩膀，我的脖颈——这是一个多么贤惠的动作。是我脸上的表情阻止了她吗？

当一个女人感觉到或者觉得她感觉到自己被委婉拒绝的时候，她是最能激起人的欲望的。在她转身的那一刻，看到她的侧影，你会把她叫住……

“伊丽娜，亲爱的——等等！”

我站起来——快步走向跟我一起生活了四分之一个世纪的亲爱的妻子。我的心脏狂跳着，充满欲望和期待，我想把这个女人紧紧地抱住，也想让她把我紧紧地抱住。

那晚，去他的“黑桃J”。

早晨，走进我的书房，我感觉到好像有什么东西被动过了。

有人进来过！

刚开始我看不出来到底哪里有问题，什么东西不在原位了，然后我看到了小书桌上的灯倒在了一边，好像是被人推倒的；灯泡碎了。我检查了开关，灯还开着。

一个六盎司容量的（现在是空的）酒杯放在桌上，闻起来有股威士忌的味道，在书桌上留下了一个模糊的印记。

十几页纸上写着难以辨认的字迹，几乎认不出来是我写的，我的笔掉在了地上，它躺在几英尺以外，好像是被愤怒地扔掉的一样。

“您觉得当‘地方名人’怎么样？赫克特郡‘最著名的’作家？新泽西的‘畅销书’作家之一？”——我经常被那些好意的采访者问到诸如此类的问题，他们根本没有注意到这些问题对于正直的作家来说有多么的尴尬。

我立即轻声地答称我感谢这一过奖，并迅速转换了话题。

然而，我在写作上的“成功”确实极大地改变了我和家人的生活。我希望以慷慨的行为对那些不如我幸运的人表达我的感激之情。

例如，我为作家同业公会的作家们捐赠“突发事件”基金。我为哈伯顿中学捐赠奖学金，我自己就毕业于那里，在1979班读过书。伊丽娜和我为地方的动物收容所捐款，我们为哈伯顿公共图书馆捐款盖了一个新的副楼，在那里有一个永久展厅，被命名为“赫克特郡本地作家安德鲁·J. 拉什的畅销推理小说”。(太尴尬了！但是我不会干涉图书馆的事务。）我们每年为新泽西的纽瓦克、特伦顿、卡姆登等城市的素质培育项目捐款，还参加了新泽西电视网的素养基金募捐活动。我们还为缅因州南部的电影艺术剧院整修项目捐款。有时候，周五的晚上，安德鲁·拉什会作为业余主持人来介绍经典的推理和黑色电影，诸如《心声疑影》、《晕眩》、《冤孽迷宫》、《尼亚加拉》、《闪灵》、《神秘失踪》之类。我们还为新建垒球场捐款，为哈伯顿少年棒球联合会捐款，小时候我在那里打过球（打得还不错）。(让我觉得很不好意思的是，新的垒球场是以我的名字命名的——叫作“安德鲁·J. 拉什球场”。）现在孩子们都长大了，离开了我们，所以伊丽娜又开始工作（兼职的），她在哈德利安附近的一个进步主义教育理念的教友会学校教艺术，并且热衷于那里的家庭教师协会活动。伊丽娜·拉什曾经为“新泽西素质培育项目”工作过多年。

2010 年，我受到“新泽西尽职公民协会”的“公民奖”表彰。就在去年，我还因为我的慈善行为而被授予新泽西州“州长勋章”。明年，我想——（有这样的传言）——我的名字会进入“新泽西名人堂”，因为我对艺术的“杰出”贡献。

我确信我会写出最受好评的作品。

该死的，我不是窃贼，我不是剽窃者，我不会被人鄙视。

第六章　“我们会完胜她”

“安德鲁，这是一场相邻侵害诉讼，法官会将它驳回的。到时候，我们要求对方付诉讼费，并且要求法庭颁布命令禁止此类‘骚扰’。”

他说话的语气透出一股律师的自信劲儿，也流露出他对我的关切，我感到一阵轻松，但是还是有些微的怀疑，好像一个本以为会被判死刑的犯人听到的却是缓期执行的判决一样。

前一天我接到哈伯顿法院的传票之后，第二天一早我做了该做的一切：我给纽约市的编辑打电话，她帮我与我的出版公司的法务部取得了联系。几分钟后，我就接到了一个名叫艾略特·格罗斯曼的律师打来的电话，他向我保证，绝对没什么可担心的——“别再去想这起荒唐的‘诉讼’了。我预计这件事情不会有进一步的发展。安德鲁？你在听吗？”

我在听吗？我的手紧紧地握着听筒，手指头都疼了。

“是的，我——我在听，艾略特。谢谢你……”

听了他的话，我感到很惊奇，因此回答的声音很微弱。法院的传唤真的没什么吗？我的担心都是没有根据的吗？“C. W. 海德尔”不会对我的名誉、我的事业、我的生活造成损害？

在电话里，艾略特·格罗斯曼听起来像一个特别理智的人。我们以前从未在出版社见过面——在这之前，我们也不可能在一起商讨事情。他让我把传票传真给他，认真地读完之后，他给我打来电话为我解除忧虑。他似乎知道我就是这样一种人，即使“清白”，也总是会陷入对打官司的焦虑。

“我很乐意接这个案子，安德鲁。我当然愿意！我是你的书迷。”

听他这么说，我小声地说了声谢谢。

无论他说的是不是真的，但是能这么说就显得非常周到，尤其是对我这么一个开始怀疑自我价值的作家来说。

“周一早晨九点整我会来哈伯顿参加你的庭审，安德鲁。但是我自己一个人去，你不必参加。只要你派了代表去，你自己就没有必要参加了，我建议你别去。”

“真的吗？我以为法院传唤规定……”

“是的，这只是庭审，不是审判。只要有人参加这样无聊的诉讼，法官就会感激不尽了。我非常怀疑有什么所谓的‘逮捕证’——太可笑了。像我们这样一个出版社能够派‘法律顾问’去法庭，法官已经很受宠若惊了——他会在五分钟内就宣布庭审结束的。像这样的指控并不罕见，对于名人或有钱人的诉讼很常见，这是敲诈的一种形式，法律对这样的行为解释得很清楚，哈伯顿法院的法官会很清楚地判定出来的。根据你的描述，指控你的人可能是这个法庭的常客了——她肯定是个怪人。”

格罗斯曼热情地说着，他说话的方式能够彰显出他是一个靠讲话吃饭的人：他喜欢停顿，把那些重要的词语加重语气，并且以此为乐。

“这些年来，我曾经做过很多作家的法律顾问，他们也都曾被人起诉过‘偷盗’——‘剽窃’——更多的时候是‘诽谤’和‘侵犯隐私’。《宪法第一条修正案》的颁布使得案件变得非常难立案，更何况她对你的起诉根本就是子虚乌有的，我确定。”

我确定，这样一个词让我觉得他并没有十足的把握。

“安德鲁，你说你不认识这个‘C. W. 海德尔’——是吗？你从来没去过她家或者读过她写的任何东西？”

“当然没有！”

“有的时候陌生人会给作家寄去文稿，不要读这些文稿，如果可以的话，马上签上你的名字、标注日期，告诉他们你没有读过他们的东西，然后给他们寄回去。如果你保留了某部文稿，那可能表明你读过它；这样的话，作家就要仔细检查自己之后写的东西，看看是否‘抄袭’了他/她的文稿。这也不罕见，安德鲁。你直到现在才遇到这种事情，算是很幸运了。”

我拼命地想：“C. W. 海德尔”有没有给我邮寄过什么东西？我不好意思告诉格罗斯曼，这么多年来，我偶尔会读陌生人寄来的文稿，我很天真地给他们回信，给他们提出修改建议；在大多数情况下，那些作者都会表示感谢，然后他们就想让我把他们推荐给某个经纪人或者编辑，这样的话就使得我们之间的交流变得不那么愉快。

我告诉格罗斯曼，我几乎确定我从来没有收到过“C. W. 海德尔”寄来的文稿，我也没有给她写过信。格罗斯曼笑着说：“如果你跟她通过信，我们很快就会发现。她会有你们的来往信件的。”

他又告诉我，在他二十年的职业生涯里，斯蒂芬·金是最常莫名其妙陷入官司的作家；但是金会尽量避免严重的官司，目前为止他遇到的官司通常一眼就能看出来是荒唐的。

“你曾经给斯蒂芬·金做过律师？”我觉得很受鼓舞。

“当然了。不止一次呢。”

“他被起诉的时候会觉得烦恼吗？”

“刚开始的时候会，但是史蒂夫已经习惯了，作为一个‘公众人物’——就像在你的背上贴了一个大大的靶子，名气的副作用就是让你会成为那些精神有问题的人的攻击目标。那些爱打官司的倒是另一种人，但是他们的精神也不正常。”

“你帮斯蒂芬·金打官司的时候每次都能赢吗？”

虽然这么不礼貌的问题不是我的风格，但是我还是不得不问这个问题。格罗斯曼不置可否地笑了笑。

“安德鲁，我觉得为了对史蒂夫公平起见，我不能够再谈论他的事情了。他的一些官司都记录在案，你可以自己去查——还有一些官司是庭外调解的，因此是保密的。几年前，史蒂夫换了出版社，我就再没做过他的律师了。接下来的日子，我就不知道他的事情了。我说这些只是想让你知道，来缓和你的焦虑，因为你听起来太焦虑了——我想让你知道，并不是只有你一个人这样。畅销书作家很容易成为诉讼的对象。”

“‘庭外调解、保密’——你是说斯蒂芬·金得赔偿吗？为什么他要赔偿？”

“安德鲁，对于一个有钱人来说，用钱摆平原告，避免把事情闹得人尽皆知，这并不罕见。调解的话，你不必给原告几百万，并不像媒体上说的那样；我曾经处理过不少的案子，最后只赔偿了一万，还有一次只赔偿了九百九十九元。”

“但是如果作家是‘清白的’——”

“当然！作家当然是‘清白的’！像斯蒂芬·金和安德鲁·J.拉什这样的作家不可能‘抄袭’那些业余作家和疯子的东西。”

我结结巴巴地告诉格罗斯曼我对于这个案子的看法：我想原告是指控我潜入她家，拿了她的东西……

我突然有一种类似晕船的感觉。我无法清楚地表达我的看法，我无法再重提那份我读了又读、读得都快吐了的传票。

格罗斯曼笑了，“安德鲁，这太疯狂了！这件事太好笑了，只要媒体不报道就好。哈哈，‘入室作案’——从窗户爬进去——从‘C. W. 海德尔’的小说里窃取想法。”

我不觉得这件事好笑。我没有笑。

只要媒体不报道就好。

最好马上就把指控者铲除。

格罗斯曼继续以他铿锵有力的说话方式说了半个小时，不再是先前那种安慰的语气，而是开始阐述他对于周一庭审的安排，其中包括需要进行的紧急侦查工作，他还重申了我不要去参加庭审的建议。“原告看到你，无疑会认出你，她会因此非常兴奋。如果她真的像我们猜测的一样情绪不稳定，就会出现不可控的场面，这正是跟踪者想要的——他们想要挑起与有钱人和名人的冲突。”

别有用心的人？有钱人和名人？格罗斯曼的话在我脑海里嗡嗡作响。我努力想从格罗斯曼所说的“有钱人和名人”这几个字里寻找自豪感；我努力想克制听到“别有用心的人”这几个字后的那种恐慌。

就我所知，就传票中传达的信息，还有我们谈话的内容来看，C. W. 海德尔还没有“跟踪”我。

这个女人住在塔布罗庄园，离法院不远，据我估计，离我的米尔布鲁克庄园不足五英里。

这又给我带来了新的一重恐惧，这是格罗斯曼不经意间带来的——跟踪者。

最好先发制人，我的朋友。

最好马上就杀掉她。

格罗斯曼问我有没有给“C. W. 海德尔”打过电话。

现在我那种晕船的感觉越来越厉害，因为我本不应该给传票上那个所谓的原告打电话的——我本来是知道的，然而我还是给她打了。我满脸惭愧地告诉格罗斯曼真相，我昨天下午一收到传票，就给她打电话了。“我只是想知道她对我的指控到底是什么——我到底被指控偷了什么，但是我们的谈话并不顺利。”

格罗斯曼没说话，看来他很惊讶。那么能说的一个人突然沉默了，这不是一个好现象。

“那个女人听起来确实精神不正常——我几乎无法理解她说的话。她是一个奇怪的女人，笑起来大声而又狂野……”

我的声音渐渐弱下去。我觉得自己像一个不听大人话的小孩子，不仅是不听话，而且是因为不听话而做了蠢事。

“安德鲁，这可不是一件好事。你不应该自己去联系原告的。

我觉得你的智力和经验……”格罗斯曼停下不说了。我不敢想象他现在脸上的表情。

我非常惭愧地向他解释：“我本来只想问些问题，我们交流的时间很短。我跟她说话的时候很有礼貌。她说我从她家里‘拿了东西’，还说这件事‘应该到此为止……’”

“你没威胁她吧？”

“当然没有，我不会威胁任何人的。”

“那我们就当这事没有发生过，这样最好。如果真的有审讯的话——（我确定肯定没有，不要恐慌）——电话记录也会成为证据，你不能否认。但是，这次不是审讯，无须在法庭宣誓证言的真实性，你根本不用参加庭审。我们期待能有个好结果吧，也许她根本就不会提起电话的事情。”

我还是一脸惭愧，觉得自己犯了大错。我还想重获格罗斯曼对我的尊重，所以对他说：“最糟糕的是，我本来知道不应该给她打电话，但是我希望她能够听听我的解释，让她知道我是个好人……”

我不能告诉他——我不想请律师。我害怕律师。

“安德鲁，你应该知道，起诉你的人根本不会把你想成是个好人，你根本不可能说服她，让她相信你不是她的敌人，而是个好人。跟她联系不是一个聪明的举动，朋友，但是至少你告诉了我。我很感激。只要你没有试图威胁她，或者哄骗她撤回诉状，而她也没有对你们的谈话录音——我觉得我们会没事的。”

格罗斯曼的声音变了，变得很公事公办、直率无礼。

庭审之后我马上给你打电话，安德鲁，你不用给我打。完全别把这事放在心上。我向你保证——关于“‘C. W. 海德尔’，什么事都没有，我们会完胜她。”

第七章　死亡之吻

“安迪，茱莉亚有烦心事。”

伊丽娜犹豫地告诉我。从她的语气中我能听出，女儿的烦恼与我有关，伊丽娜这么小心翼翼地跟我提起这件事，好像（多么荒唐，多么不公平）是害怕我的反应。

我觉得特别讨厌的一件事是：家里人靠近我的时候都小心翼翼，这太让人沮丧了。

“什么？茱莉亚烦恼什么啊？”

“她读了一个自称是‘方块 J’的人写的小说，好像是这个名字。她说她觉得这个作者认识你，是你一个写推理小说的朋友，她说不管他是谁，他的作品里好多事情都取材于发生在她身上的事。”

"等等，伊丽娜。我没听懂，你在说什么?"

那是庭审的前夜，周日晚上，离赫克特郡市立法院的庭审不到十二个小时。

当然，我没有告诉伊丽娜，不应该让我亲爱的妻子知道任何烦心事。

我的心脏跳得很快。愧疚，愧疚。

做诚实的父母很难。

"安迪，茱莉亚会自己告诉你，但是她先给我打了电话，她哭了。这个可怕的'方块J'——"

"谁? 什么?"

"——一个自称是'方块J'的推理小说家——要么就是叫'红桃J'? ——反正就是某个无情的犯罪小说作家，肯定是个厌女症患者，一个像米基·斯皮兰一样的野蛮人……"

听起来好像她读过米基·斯皮兰的小说似的!

在我的收藏里，有一些米基·斯皮兰1950年代小说的初版，是我从二手书店里买来的；但是自从我们搬进大房子以来，从来没有人动过这些书然后再把它们放归原位，我确定。

"茱莉亚说，在'红桃J'的小说里，她读到一个场景，几乎完全来自她小时候的一次经历：她那次从巴特菲尔德公园锈迹斑斑的人行天桥上摔下来，差点摔死——只不过小说里，那个孩子真的摔死了。"

这是让我伤感的回忆！我真不想再提起这件事。

茱莉亚那时四岁，是一个活泼而又充满好奇的小女孩。我们那时候还住在纽布朗斯维克附近的海兰德帕克。有一天我带着茱莉亚去几英里外的巴特菲尔德公园，我（让我很愧疚）忙于记录脑海里的灵感，因为那时候我正在写小说里的一个场景，一点都没注意到茱莉亚跟着一群嘎嘎叫着的鹅离开了我身边，她爬上了一个已经废弃的人行天桥。虽然天桥的台阶上设置了障碍，但是对于一个小孩子来说，爬过障碍是件很容易的事。她爬上天桥，为自己脱离了爸爸的监管而扬扬得意，爸爸告诉她不要走开——爸爸当然警告过她不要走开。突然，茱莉亚的一只脚踩到了一块腐朽的木板上，桥的一部分塌落下来，她也尖叫着随木板掉下来，摔到了河边，大概有十二英尺高。她掉下来的时候灌木丛起到了缓冲作用，因此她奇迹般地没有受什么伤，只有一些擦伤、瘀青和心理上的创伤。

"茱莉亚说那本小说里有个场景几乎完全就是她那次事件的复制品，甚至连那个场景发生的地点都设置在一个叫'巴特尔公园'的地方——地点不是在新泽西，而是在纽约州北部。"

"是巧合吧……"

我的声音很微弱，有些抖。

巴特尔公园，原名叫巴特菲尔德公园，我怎么给改了一个这么傻的名字。

“我告诉茱莉亚这只是个巧合。但是很奇怪，很让人怀疑，不是吗？”

“确实是，这是茱莉亚自己私人的经历。小说里的小女孩跟她一样吗？”

真是个奇怪的问题！幸运的是伊丽娜并没有当回事。

“茱莉亚说，在小说里，小女孩死了——她摔下来之后头骨摔碎了。她父亲是一个坏人，事实上他是女孩的继父，不是她的亲生父亲。他讨厌妻子的孩子们，谋划了‘意外事故’来杀掉他们。”

我模糊地回忆起了《死亡之吻》里的情节。这部小说是用笔名写的，因此有着这类小说的典型特征，写得很快，是我在黎明时分喝了白酒之后灵感翻涌的产物。这些小说，在它们出版的时候我就记不太清楚里面的细节了，更何况是多年前的作品。

“茱莉亚说小说的情节安排得非常巧妙，但是却很让人不舒服。邪恶的继父策划的这些‘事故’从未引起过任何怀疑。他还经常为此感到愧疚，看起来很真诚，他还会感到懊悔，尽管如此，接下来另一个孩子依然会发生‘事故’。茱莉亚说她无法再读下去了，她不敢看到结局。”

“很好！把‘黑桃 J’扔出去吧。”

“‘黑桃 J’？是那个作家的名字吗？”

伊丽娜惊愕地看着我，她脸上好像闪烁着令人炫目的光芒。

虽然我很爱我的妻子，但是有时候她的美好——她美好之中包藏的幼稚——太让人讨厌了。

“是的，亲爱的，你刚才的十分钟里说的那个作家叫‘黑桃J’，茱莉亚被他的小说弄得心烦意乱。”

“是的，茱莉亚很心烦。我也很心烦，一想到我们生活中一些私密的事件被一个陌生人利用了……如果真有这样的事情的话。”

“亲爱的，你说的只是‘如果’！我们不可能只有这么一点点证据就去起诉‘黑桃J’。”

“没人想起诉他啊。但是……”

我开始觉得有些烦躁、没有耐心了。我想对伊丽娜提出抗议，告诉她我对茱莉亚的这次危机不负有任何责任。

自从孩子们进入青少年期，直到现在他们长大成人，他们总是有这样那样的危机，打电话回家、跟伊丽娜谈心、近来的情绪崩溃、近来的失望或命运逆转或遭到背叛、需要情绪上的支持、需要钱——这些我都太熟悉了。

我是典型的美国父亲——总是张开怀抱，面带笑容地欢迎他们回家，他们需要钱的时候我总是慷慨地拿出支票簿。

面带微笑的父亲。混蛋。

我没警告茱莉亚别去读黑桃J吗？我没把那些该死的书藏起来吗？很显然，茱莉亚不听我的话，他们还住在这里的时候，也经常不听我的话。

我想跟伊丽娜辩解，我不是黑桃J的朋友，即使我是，我也从未向他提起过女儿在坎特蒙特公园那次几乎致命的事故。不管怎样，茱莉亚没死，不是吗？

我的感觉太奇怪了！脸上、腋下、衣服里面全是汗，手里捏着一个玻璃酒杯——里面是烈性白酒，产自新泽西本地的一个酿酒厂，是安德鲁·J. 拉什的一个"超级崇拜者"开的——我忘了往里面倒酒。

或许，可能，酒是伊丽娜拿来的，为了缓和我的情绪，让我不再那么焦虑。

我现在想起来了：不是坎特蒙特公园，是巴特菲尔德公园。

茱莉亚没有死。没有。

伊丽娜告诉我茱莉亚晚上要回来跟我们一起吃饭，但是其实是想跟我谈谈《死亡之吻》这本书。伊丽娜不想参与我们的谈话——"这是你和她之间的事，你知道茱莉亚有多情绪化，她非常看重你的建议。希望你能够对她耐心点，安德鲁。"

这太让人讨厌了，她这是在暗示我对待孩子不如她那么有耐心。

"爸爸，这不可能只是巧合！我不相信。"

茱莉亚用孩子般受伤和愤怒的表情看着我，好像要责备的人是她爸爸一样，但是茱莉亚是怎么知道的。

看起来茱莉亚虽然上周忘记了把那本小说带回去读，但是她又想起了这个不同寻常的笔名，于是又拿起《死亡之吻》读了起来。

她很伤心地说："在小说里，小女孩摔下来，撞到河边的石头上，头骨碎裂而死。继父虽然知道她可能会摔下来，但是他还是有些伤心。后来，她哥哥又发生了'事故'，也死了。我读到这里就没有往下读了。"

我笑着安慰女儿。茱莉亚从童年时起就有些过分较真。

"茱莉亚，那只是小说，是一个'虚构的'作家写的。"

"你说'虚构的'是什么意思?"

"我的意思是'黑桃J'是个笔名，你知道的。"

"你说你不认识这个作家。"

"我不认识他。事实上，'黑桃J'有可能是个女人。"

茱莉亚笑了，"不，爸爸，'黑桃J'是个男人，是一个大男子主义者，毫无疑问。"

大男子主义者。我感到一丝惭愧，同时也为自己能够掩饰得如此之好而得意。我自己的家人都认不出我来!

我安慰茱莉亚说她有点太小题大做了，最好把这本讨厌的小说扔掉、忘记。

"这真的是巧合吗，爸爸？就这么多?"

“就这么多。”

“太奇怪了！我讨厌它。”

“我也讨厌。”

“那个‘黑桃J’你不认识？你确定吗？”

“是的。”

“你觉得他可能是谁？”

“据说他是一个‘退休的职业人士’，住在纽约市附近，他是一个不怎么出名的黑色小说作家，很少有人读他的作品。根本不值得引起你的注意，茱莉亚。”

“他是一个邪恶的人，能看出来。”

“真的吗？他的出版商送给我他的小说，让我给他做宣传，但是我从来没有读完过他的小说。太粗糙了，充满暴力，邪恶没有得到足够的惩罚，就像为十几岁的孩子们拍的动作电影一样。”

“不，爸爸，我不这么认为，不是为孩子们写的，这些小说发人深省，但是让人思考的不是美好的东西。”

茱莉亚很犀利地谈论着她的观点。她的看法令人震惊，我不愿意相信。

茱莉亚坚持道：“爸爸，我认为这个作家认识你和我们的家人。他的《死亡之吻》里面的‘事故’取材于我的故事。我觉得很不可思议。”

“茱莉亚，很多人都会觉得小说里的人物就是自己，就像在镜子里看见你的影像，其实并不是你，而你却认为是你。”

我勉强地笑着，脸上的笑容扭曲着，就像开瓶器钻进了我的脸。

“爸爸！如果你站在镜子前看到影像，那就是你。”

茱莉亚笑了。这有什么好笑的？

对于《死亡之吻》，我只有模糊的记忆。我都不记得它的结局是什么了。我想告诉茱莉亚——在生活中，我是你慈爱的父亲。毕竟你没有死。

第八章　“法律会还我公道”

周一早晨，我无法待在家里而不去参加庭审。

我知道，我曾经给格罗斯曼许诺过。他不止一次地告诉我，别去。但是我不能。

待在家里，我非常焦虑。恐惧的想法总是向我袭来，我怕格罗斯曼曲解了传票，而且 Andwer J. Rash 终究还是应该出现在法庭上的，不然他会以藐视法庭罪而被捕。

还有部分原因是我对 C. W. 海德尔感到非常好奇。以前从来没有人起诉过我，更别提什么“偷盗”和“剽窃”了。晚上我无法入睡，在心里期待着庭审开始。我必须去看看我的敌人。

赫克特郡市立法院是一幢非常壮观的花岗岩老建筑，它的外观依然保持着十八世纪的风貌，但是内部却修葺一新。法院看起来很像一座教堂，它坐落于一片草坪之上，人们会以为这是一块教堂墓地。它的内部装修得很有品位，红木的墙板、灰泥吊顶、黑色瓷砖地板、嵌入式灯具，看起来像一个私人会所或是历史悠久的旅馆。这里一点都不像其他大型市立法院，氛围严肃而吓人，这里的氛围柔和而谦恭。

因为庭审和案件都是向公众开放的，因此安检没有要求我出示身份证件。队伍缓缓向前移动着，一点都不着急，这让我极感安慰，没人认出我来。

审理我案件的法庭看起来像一个小型的罗马竞技场，大概有一个模拟法庭那么大，只有六排座位。我快速地估计了一下，这个法庭最多能容纳七十二个人。卡尔森法官进来之后，庭审正式开始，整个法庭连四分之一的座位都没有坐满。在前两三排，坐着被传唤到庭的人和他们的法律顾问。庭审宣判之后，前一个案子的人出去，别的人进来。虽然法庭气氛很正式，但是依然有人不时地进来出去。像我一样坐在最后一排的人，能够看清楚整个法庭。

(为了显得不那么难为情或刻意，我不去看那些跟我坐同一排的人，我把脸也遮挡起来。就像黑桃J塑造的人物一样，他们去公共场合都要乔装打扮一番，我戴了黑色粗框的墨镜，这样别人很难认出我；我穿了一件米色泡泡纱的运动服，是我从衣柜底部抽出来的，这件衣服我至少有二十年没穿过了。我害怕当地媒体报道这件事，怕公众以为安德鲁·J. 拉什是个窃贼、剽窃者，或者做了更不好的事。)

海德尔诉拉什案是本次庭审的第三起案件。前面两起案件庭审的时候，我有时间找找看谁是艾略特·格罗斯曼——他是一个长着“纽约”相的（即犹太人）律师。他看过我的照片，要是他环视一下法庭的话，可能会认出我，但他并没有这么做。我还看到坐在第一排的一位看起来与众不同的女士，她独自坐在那里，紧挨着法官席。

毫无疑问，这就是“C. W. 海德尔”——原告。让人害怕的是，她第一眼看上去很像长了白发的艾茵·兰德，她也有着那种男人似的长相、突出的下巴，她看上去既有贵族气质，又愤世嫉俗。她大概有六十多岁，白色的卷发很凌乱，压在一顶栗色的帽子之下，她的着装看起来很昂贵，却显得很老气、不合身：衣服上的垫肩让她显得肌肉发达，一身灰色条纹长裤套装，衣服是双翻领，有大大的骨纽，穿着笨重的皮鞋。她一个人坐在那里，东西放在身边，旁边都无法坐人，她自己占了第一排三分之一的座位。

从侧面看，C. W. 海德尔像一只食肉鸟。如果她要是环顾一下法庭，我一定会惭愧地蜷缩起来。

庭审第一个案件的时候，C. W. 海德尔毫不掩饰她的不耐烦。她大声地叹气、嘴里不停地嘟囔着、身子不断地变换姿势、翻找她的东西——她带着一个笨拙的爬行动物皮手袋；一个更大的手提袋，上面镶嵌有金光闪闪的金属材质面板；一沓文件夹；一个纸箱。她的坐立不安给人一种粗鲁的感觉，使得卡尔森法官频频蹙眉，很显然他和其他的法庭工作人员都认识这位头发乱蓬蓬的海德尔女士，虽然她摆出一副盛气凌人的气势，丝毫也不想屈尊认识他们。

格罗斯曼在电话上告诉我，就他所知，海德尔夫人没有律师——“可能，因为她的案件很荒唐，所以无法请到律师”——因此她会自己做自己的律师，这让卡尔森法官更加恼火。

(虽然开始我并没有想起我认识这位在赫克特郡工作很久的欧文·卡尔森法官，但是事实上我们还是有些熟悉的——我们的妻子都曾经在“哈伯顿公共图书馆基金筹募委员会”工作过，她们可以说是朋友。我不止一次地握过欧文·卡尔森的手。我想起来伊丽娜或卡尔森夫人对我说的一句话，让我倍感欣慰——欧文是你的作品的崇拜者。他爱读推理小说，虽然他读完几乎马上就会忘掉其中的情节!)

10 点 58 分的时候，海德尔诉拉什案开庭。海德尔女士看起来很压抑而又愤怒。她很激动地站起来——（她长得很低，矮胖、敦实，带着垫肩的衣服和灰色条纹套装把她衬托得更加矮胖）——她告诉法官她就是原告，她拖长声音说：“原一告”，就像她给我打电话的时候说“常年地偷窃”和“剽一窃”的语气一样，她说话的声音很狂躁，鼻音很重、非常孩子气，让我一下就听出她就是电话中的那个声音。

很明显卡尔森法官认识这位原告。他小心翼翼、彬彬有礼地问她是否有律师，海德尔女士犹如火山猛烈喷发似的回答："先生，我没有律师，因为我不想要，也不需要律师，因为没有人能够代表我说话。这次跟上次一样，正义在我这边，你看着吧。"

她的话让法庭掀起了一阵涟漪，有的人觉得惊讶，有的人觉得好笑。严肃的庭审变得活跃起来，好像有人把电视声音调高了一般。卡尔森法官冷静而有礼貌地要求这位白发女士称呼他先生，而不是阁下。这位女士厉声说道："我们必须珍视荣誉，先生，让我们拭目以待，看你的法庭是否配得上这个词。"

一眼可以看出——（我可以一眼看出）——海德尔女士一定会输掉这场官司，因为她自己就是一个失败者：法庭只是在形式上迎合她起诉另一位公民的权力，但事实上现在面色铁青的法官很快就会打发走她。

我听到她说了这句——这次跟上次一样。海德尔以前就曾经在这个法庭上做过原告。

我马上感觉如释重负。如我所料，C. W. 海德尔是一个疯女人。她赢不了我。

即使是艾略特·格罗斯曼这样一个代表了世界出版社的律师，也对付不了海德尔，她总是打断他，让他无法说完一句话。

有好几次，卡尔森法官不得不像喜剧电视剧里的法官一样，使用木槌来恢复法庭秩序。被前两场庭审弄得昏昏欲睡的看客们现在都清醒了，兴致勃勃地欣赏着这出闹剧。

义愤填膺的海德尔女士似乎根本就没有任何正常或者传统的公共场合行为观念。这位女士根本不知道她自己的声音有多么刺耳，她的傲慢行为有多么令人讨厌、惹人生气，或许她知道这些，只不过根本就无视它们。她自己不遵守法庭庭审程序，简直是在毁掉她自己的诉讼案件。即使卡尔森法官警告她言行出格，她依然继续大声说话，好像她自己说的话让人听到才是最重要的，好像她想要一种比赫克特郡市立法院的正义更高的正义。“先生——我是说，‘阁下’——作为一个公民，我来到这里，是来索要损害赔偿，并且请求法庭颁布禁令，禁止‘安德鲁·J. 拉什’这个恶棍继续偷盗、剽窃及侵犯隐私，但是他没勇气来面对我，而是请了律师来代表他。我会为法庭呈上足够的证据来证明‘安德鲁·J. 拉什’有罪，法律会还我公道。”

卡尔森法官非常敬业，他允许海德尔展示她的那些证据，要是换做没那么绅士的法官，早就宣布休庭了。出于一个年纪较轻的人对年龄较长者的纵容——（卡尔森可能快六十岁了：有着明亮的光头和目光柔和的近视眼）——他允许这位愤怒的原告絮絮叨叨说个不停，让她展示她带来的“证据”——一些发黄的、打字机打出的手稿；一沓账簿大小的日记；一些我的小说，里面有些段落用红笔做了注释。(海德尔还没说这些是我的书，我远远看到书的防尘套，就认出了是我的书；我意识到这些是我的书——好像我自己的私生活被想要毁掉我的人曝光在法庭之上。)海德尔说那些打字机打出的手稿是她“尚未出版”的故事和还在写作之中的小说章节；日记是她的，从1965年她18岁时开始；那些精装本的书是安德鲁·J. 拉什的，她说那些做了注释的段落都是“抄袭”自她的。

海德尔用尖声尖气的夸张声音朗读了她自己作品中的一些段落，又读了安德鲁·J. 拉什的一些段落，然后说：“看见了吗？这就是‘盗窃——抄一袭’。这个恶棍不仅偷窃我的语言，还偷窃我的生活。”

这些胡言乱语的指控持续了一些时间。如果我要是跟格罗斯曼一起坐在被告席上，我该是多么痛苦啊！我的眼睛里充满了屈辱的泪水。我曾经听到过自己的小说被充满感情的专业人士诵读，但是从来没听到过有人用非难和嘲笑的方式来大声朗读。那些精心设计的语言，那些“机巧的”比喻，那些不同寻常的词汇(已经很少有人使用)，都是我从《作家宝典》这本快让我翻烂了的旧工具书里找到的。现在让这位女士朗读起来，听起来就像我在无病呻吟。海德尔指控我剽窃她的作品，更让我不堪的是，我的作品被暴露于大庭广众之下，我觉得非常受伤。

海德尔提高了嗓音，尖声尖气地说：“因为C. W. 海德尔的这些作品还没有出版，很明显是这个恶棍闯入我的房子，也就是我父亲沃特·海德尔位于塔布罗庄园 88 号的房子，用复印设备窃取了我的作品……”

法庭上一片哄笑。简直是一场噩梦！

格罗斯曼说得对，我来到这里简直是一个可怕的错误。我觉得——是黑桃 J 把我带到这里来的。以后，我一定要避免屈服于黑桃 J 的冲动和任性。

最后，卡尔森打断了原告的发言，提醒她注意她的观点已经重复过好几次。他督促格罗斯曼做出回应——“请尽量简要。”

格罗斯曼进行了辩驳：这个案件乍看就很荒唐。被告安德鲁·J. 拉什是一位“著名的推理小说大师，并且成名已久”，他从 1980 年代就开始出版作品；拉什是二十八部“畅销小说的作者”，这些作品被翻译成很多种语言；事实上，拉什也是一位尽职的公民，他的慈善行为众所周知。如果原告的作品中出现与拉什的作品“平行之处”和“共鸣之处”，原告并没有证据证明她自己的作品写在被告的作品之前，因为原告的作品并没有出版，因此无法提供写作的日期。至于原告说的“窃取了她的私人生活”，这也无法证明，因为拉什的小说中没有明显的内容显示其来自原告的私人生活；如果有“雷同之处”，那完全是“巧合”。因此，格罗斯曼请求法庭对此案不予受理。

海德尔生气地辩驳道：她的日记上“标注了日期”——被她自

己；如果有疑问，可以把她的手稿拿到实验室检测日期。格罗斯曼反驳说她的日记只是“被原告自己”标注了日期——况且，如果等到权威的科学实验室测定出这些手稿的精确日期，那就太晚了。他又一次请求法官将此案判定为妨害诉讼，不值得法庭深究。

海德尔越发兴奋起来，她的软帽从头上滑落，傲慢的气势荡然无存。她想当然地将卡尔森法官的礼貌当作对她的放纵，但是现在卡尔森法官不再纵容她，不时地用木槌打断她的发言，让她给格罗斯曼说话的机会。然而海德尔却不停地打断格罗斯曼，好像她的身体里有一个魔鬼在说话：“不！不，不！这是我写的，先生！我也是一个作家——我是一个小说家和诗人！他非法闯入我的住处——很多年了！”——“这些是我珍贵的记忆，阁下，因为这些事情发生在我和我的家人身上，他把这些事情写到了他的小说里，但是这些事情都不是这样的，他是在**撒谎**。”

格罗斯曼再次请求法官不予受理这起“完全无据可循的、不堪推敲的、华而不实的”控告。这次卡尔森法官敲了一下他的木槌，同意了格罗斯曼的请求。卡尔森因为气愤而满面通红。海德尔听到结束庭审的决定，开始撒泼打滚，她变得衣衫不整，法警和副治安官快步走过来要把她请出法庭。

“海德尔女士，请您马上安静地离开法庭。”

“先生，我到这里来是要把我的遭遇讲述出来。法律会还我公道。没有得到公道之前我不会离开。”

不知发生了什么事情，（肥胖的、中年）法警躺到了地上——（这是真的吗？还是我自己头脑混乱，想象出来的？）——海德尔在踢他，就像踢一扇无法打开的门似的。

很多法警走过来想要把海德尔带走，她挣扎着。她歇斯底里地尖叫着，发黄的书稿掉到了地上，盛放文件的纸箱倒扣过来——纸张、文件、日记哗啦啦地滑落下来。安德鲁·J. 拉什的精装书被一片混乱的人们踩在脚下。海德尔似乎有什么疾病发作了，看起来像癫痫；几位穿着制服的警官想要控制她。是我想象的吗？她的眼睛向上翻着，嘴巴张开，口吐白沫……在一片混乱中，卡尔森法官宣布早晨的庭审结束。他赶快从后门离开了。可怜的人！我能够看见他脸上惊恐的表情。一个小小的郊区法院的法官只见识过语言行为，哪里见识过这么暴力的身体行为啊。但是现在，语言行为变成了身体行为。

法庭命令所有的人都离开。我跟其他人一起陆续退出法庭，只剩那位白发女士在那里大哭大喊，跟警官们混战——公道！还我公道！

很少有机会听到疯子的叫喊，真正的、撕心裂肺的疯狂叫喊。

你看到了吗？敌人被打败了。

如果还需要更多的惩罚，它们将会到来。

第九章　胜利者

在电话里，格罗斯曼听起来得意扬扬。

“我们大获全胜，安德鲁！或许你该去的，简直是一场精彩的演出。”

“是吗?”我尽量让自己听起来很惊讶，只是我的语气里稍微有些忧虑。

“我是说，原告的演出太精彩了。她确实像我们以前预计的一样是个可怜的疯女人。”他笑着说。

格罗斯曼给我打电话告诉我这个好消息的时候，我正在开车回家的路上。看着手机上显示的是他的名字，我本来不愿意接，我害怕这起案件最后的结果对我不利，虽然我知道这种担心太幼稚了。

法庭上的一幕简直就像一场梦，太不真实了。白发凌乱的C. W. 海德尔不仅被打败了，而且当众受到了羞辱，这就像一场噩梦。我的耳朵里不断回响着那个可怜女人的大喊和哭泣，还有她对于公道的诉求。

我想——但是我对于这一切不负任何责任。这场灾难是她自找的。

“庭审的结果跟我预期的一样，法官不予受理。法官让原告做了陈述——简直就像给了她一条绳子让她自杀一样。如我所料，她就是一个怪人——但我想她并不是为了要钱——她只要求你在公开场合向她道歉，这就是她要求的‘损害赔偿’。显然，她出身于当地名门，家里很有钱，她可能继承了很多遗产。安德鲁，要是你在场的话肯定会觉得很逗——她说你闯入了她家，窃取了她的作品！你窃取了她的想法和她小说手稿及日记中的段落——她自以为别人会相信她的话。她在法庭上陈词的态度让人们以为她是皇室成员呢。她声称她的一些手稿写在你的小说之前——因此你的小说‘来自’那些手稿——但是即使有人相信她的这些荒唐的说法，她也没有办法证明自己手稿的写作日期。她从来没有正式出版过作品，只有一些自费出版的作品。她的一部作品一直在写作中，已经写了几十年了。她还声称你窃取了她生活中发生的事件——你要么就是在写她真实的生活，要么就是把她的生活进行了很大的改变，以至于她认为你写的是‘可恶的谎言’。”格罗斯曼大笑起来。我的耳朵里都是嗡嗡声，只能听见他说的一部分，但我听到了他一直重复的词语——精神错乱、可悲、疯狂、驳回。

“这场官司基本上结束了，安德鲁。你不再是被告了——你可以忘记‘C. W. 海德尔’了。我会请求法庭颁布一个禁令，禁止她再骚扰你，我还会向法庭提出请求，让她来付律师费和庭审费用。虽然你还没有付我律师费，但是出版社已经给我预付了。对于海德尔这样的人，起诉他们是个好办法，这样的话就可以避免他们恶人先告状。你想想，如果这起案件有陪审团参与审理的话，要是有个成员跟海德尔有关系——那么对你来说形势会非常不利。”格罗斯曼不停地说着，我不得不把车停到路边来听他说。

我精神恍惚地离开法庭。我尽量避开所有人的目光，希望没人认出我来。听到我的作品被那样一个刺耳而带着嘲弄的声音大声朗读，我觉得大受伤害。我尤其注意避开格罗斯曼，不让他看到我。他那时候站在法庭外的台阶上，与其他的律师们热烈地交谈着——他是一个非常自信的人，言谈举止间充满“纽约风格”，因为刚才庭审的胜利而兴奋得脸红，因为庭审结果的突然翻转而振奋。格罗斯曼乘坐出版社的豪华轿车从曼哈顿中心区直接来到新泽西的哈伯顿。他在下午两点前就完成了自己的工作——现在浑身依然充满肾上腺素。

我离开法院的停车场时，听到了救护车的警报声，一辆救护车停到了前门。一小群人聚集在法庭前的人行道上，分开一个仅供医务人员通过的通道。

我快速地扭过头去。我不想看到那个犯病的白发女人。

但是如果你幸运的话，她现在就会死。

她会死，你就永远都不会被曝光。

格罗斯曼还在滔滔不绝地夸耀着这个案件的结果是如何之好，恰如他所预期的。他是希望我赞扬他吗？希望我再谢谢他？

“你以后的惊悚小说又有新的素材了，安德鲁。”

我感觉到了被侮辱的痛楚。他好像在说我除了可悲的 C. W. 海德尔之外就没其他可写的了！

我感到一阵头疼，但还是感谢了格罗斯曼。我赞扬了他，向他保证我一定会告诉我的编辑他这件案件处理得有多好，但是——“我认为我们不应该再追究原告的责任了。让我们结束这起可悲的案件吧。”

“你是什么意思？‘结束它’？我不明白。”

“我不想再起诉她，让她付什么律师费、庭审费。就这么结束吧。”

“安德鲁，原告败诉了，她就应该付所有的费用。她应该为她的轻率付出代价。为什么要让你的出版社付费？”

“我会付钱的。我会付你的费用，无论是多少钱。把账单给我寄过来。”

“别傻了。你是无过错方。出版社已经付过我钱了，给得我不少。但是海德尔是败诉方，她应该付所有的费用。在妨害诉讼中，败诉方付费是防止别有用心的人诬陷别人的方法，否则的话谁都能随便起诉别人，那么法庭岂不拥挤不堪？这个女人家里挺有钱的。”

我还坚持我的观点，我不想再进一步羞辱 C. W. 海德尔了。她已经住院了——不是吗？她在法庭晕倒了，救护车来把她带走了……

“你是怎么知道的，安德鲁？”

“你告诉我的。”

“有吗？我不记得了啊。”

我的额头上冒出了汗珠，衣服也汗湿了。

我的头在一阵一阵地痛着。我想不起来格罗斯曼有没有告诉过我这些。

“是的，你说过——你告诉我海德尔在法庭晕倒了，有人叫来了救护车。几分钟前你告诉我的。”

“有吗？”——看起来格罗斯曼真的有点迷惑了。

我结结巴巴地告诉他我得挂电话了，我开车，没法打电话。我跟他说下次再跟他聊。

几分钟后，我觉得自己恢复了。我纷乱不堪的思绪又能集中了，可以开车回家了。

我进了家，家里很安静。我没有注意伊丽娜的车是否在车道上停着。家里好像没人。

负责打扫的女人也不在。没人。

寂静一波一波地朝我涌来。

他们都死了，你自由了。

你是无可责备的。

第十章　“纯洁的羔羊”

我等待着。

《哈伯顿周报》在周三出版了。

我的脑子里总是不知不觉地潜入一个令人恐惧的头版标题：《当地作家拉什在赫克特郡法院被控偷盗及剽窃》。

当地电视和广播周一的新闻中没有报道这个事件，没有记者联系我，伊丽娜也似乎不知道我的生活里发生了让人不快的事情，当然我没有告诉她。

到了收到《周报》的日子，我迫不及待地打开邮箱，并没有看到头版有我的名字或照片，没有拉什，也没有海德尔。

我慢慢地走回家里。我的手在颤抖着，眼睛里泪光朦胧。

突然，我害怕地停下来，打开《周报》，浏览了第六页的

“法庭专栏”，甚至还看了“本周警事”——什么都没有。

整整一页，什么都没有。

我的心里放下了一块沉重的石头。我感激地大笑起来。我感受到人在逃避惩罚之后的那种精神振奋，虽然我也不知道为什么我会这样。

第二部分

第十一章　完美的犯罪

现在，是时候了。

是安德鲁·J. 拉什实施一次完美的犯罪的时候了。

半夜的时候，我的心突然怦怦直跳，我从梦中惊醒，下巴感觉到疼痛，好像在梦中我一直在磨牙。

现在几点了？——我看不清楚钟面上的数字。

这正是接近拂晓又尚未拂晓的时候，人们把这个时候叫作“狼之时辰”。在这个时辰，有严重疾病的人最容易死去。

难道你看不到吗？就在你的眼前？

你的敌人——无助地。

你的敌人——等待着。

床的另一边，伊丽娜依然在睡着。自从搬进这所房子，我们就拥有了一张“特大号”的床，它就像一片田野，两个活着的、呼吸的、产生热量的身体能够整晚互不干涉地躺着。

有的时候，伊丽娜会呼唤我的名字：“安德鲁？你还好吗？”

或者是：“安德鲁？你做噩梦了？”

又或者是：“安德鲁！你又在磨牙了。”

这次，伊丽娜没有醒来（很明显）。我正做梦梦到紧急关头的时候，一下从梦中惊醒，我的梦境是那么混乱不堪，以至于我马上就忘记了梦的内容——我脑海里有转瞬即逝的印象，这个梦可能和那个白发凌乱的女人有关——我想不起来了。

正是在这个时候，以这样的方式，黑桃J直接与我对话。但是我不总是确定黑桃J嘴里蹦出的词语是什么意思。

……时候。

……完美的犯罪。

第十二章　诱惑

“安德鲁？我能跟你说几句吗？”

是格罗斯曼。我本不想接电话，但是出于责任，又不得不接。

赫克特郡法庭的庭审已经过去了一周。我对庭审被当地媒体曝光的担忧逐渐减轻，又重新开始工作了，或者说几乎开始工作了。但是我检查电子邮件的时候仍然会很害怕，我也很少接电话，除非可以确认打过来的人是我的熟人或可以信赖的人。

我真想再也不跟出版社的律师联系了。跟他接触的那些情景不知为何总是让我觉得不舒服。对我来说，案件已经结束了。

我下定决心不再去想 C. W. 海德尔——虽然在我虚弱的时候，我还是会发呆，耳朵里还是会听到那个愤怒的声音：“还我公道！”

我想知道这个白发凌乱的女人有没有死在医院里。我觉得她很有可能在救护车里就死于旧病复发或者心脏病发作。我的脑海里闪过一个念头：格罗斯曼打电话来有可能是告诉我这个消息的，我不知道我是该感到如释重负还是内心有愧。

但是格罗斯曼的声音听起来兴高采烈，在我的耳朵里嗡嗡作响。

“很有趣的进展，安德鲁！你准备好了吗？有一个惊喜。”

不，我不想要更多的惊喜。

“我准备好了。是的。”

“你记得吗？我以前曾经预言过 C. W. 海德尔是一个‘怪人’——事实证明她确实是。她也曾经指控过其他的作家——著名的作家——就像她对你所做的一样。我的助手做了一些调查，发现海德尔多年前曾经想起诉斯蒂芬·金。那时候我还没做金的律师，但是我认识给他工作的律师，我给他打了电话，你猜怎么着，安德鲁？”

有那么一会儿，我不太理解他说的话。

斯蒂芬·金？她想起诉——也？

她不是特别针对安德鲁·J. 拉什的——终归？

格罗斯曼说海德尔对斯蒂芬·金的指控与她对安德鲁·J. 拉什的指控几乎一模一样，除了她指出的抄袭的书目和段落不同。

即使是她荒唐的破窗而入的指控都是一样的。

“你想想——斯蒂芬·金怎么可能来到新泽西的哈伯顿——破窗进入她的房子。”

格罗斯曼大笑起来。事实上这是荒唐的幻想。

“2004 年 10 月，在同样的法庭举行了庭审，海德尔还是‘代表’她自己，庭审的法官也是卡尔森。”

格罗斯曼觉得这些很有趣。

我无力地想挤出笑容，“真的吗！同样的法官……”

斯蒂芬·金被这个女人吓得不轻，她给他写威胁信，由他的出版社转交给他，他请了一位私家侦探来调查她。他害怕她会开车到缅因州跟踪他和家人——害怕她真的发疯杀人。但是侦探并没有发现她有什么危险，因此金没有再追究下去。

“你确定她没有给你写过威胁信吗，安德鲁？也许她把信发到了出版社，但是出版社却没有转交给你。”

我不知道如何回答这个问题。我觉得有点不知所措，无法条理清楚地思考。格罗斯曼爽朗的笑声让我觉得窒息。

“这么多年来，你的这位敌人还打算起诉约翰·厄普代克、约翰·格里森姆、诺曼·梅勒、迪恩·昆士、彼得·斯特劳布、詹姆斯·帕特森——还有丹·布朗！——但是都没有得逞。”

我们一起笑了。真滑稽——不是吗？

我感觉到自己慢慢地松懈下来，就像一个气球被针戳破一样。

“你的‘海德尔女士’真是位大艺术家！涉猎了如此不同的风格和如此多的主题。”

“是的……我觉得这不是惊喜。”

这确实是一个惊喜。不只是一个让我感觉受到恭维的惊喜。

“所以，安德鲁，我想要对她提起诉讼。我以前说过，我们下一步就这么做。”

我理解他，或许应该这样做。作为一个律师，他知道该怎么做，也把我的最高利益放在心上。格罗斯曼这么做有道理，但是我的本能对此却是抗拒的。

“但是——你知道她怎么样了吗？也许她已经死了……”

“我的助手做了调查，她被送到纽布朗斯维克的医院‘观察’——她可能有先天性的癫痫病，感觉受挫或生气的时候就会发作。我的助手说有一个佣人看护着她，佣人很得力。他告诉我的助手，自从海德尔女士的父亲去世后，这个世界只剩她孤身一人了，因此‘与她的敌人’做斗争成了她生活下去的唯一动力。她的敌人不仅包括作家们，还包括她的左邻右舍，甚至是镇里的官员们。她今年六十七岁了。”

六十七岁！我真希望她年龄更大点，六十七岁太年轻了。这位具有钢铁般意志的海德尔女士有可能在以后的二十年里都是我的对手。

“如果你没有不同意，安德鲁，我就要实施我的计划了。我们首先要让法庭颁布禁令，让她‘停止骚扰’你，然后我们还要提出让她给付一切费用的请求。你不用管了，只需要在一两个文件上签名就可以了。”

但是我还是本能地想反对。在这样一种令人不快的情形下，安德鲁·J. 拉什必须得表现出绅士风度。

“艾略特，我告诉过你——我不想那么苛刻。这件事情给我留下很不好的印象。”

“但是你是受害者！设想一下，如果没有这么一个愿意保护你的出版商，你就得自己雇一个律师——一个纽约曼哈顿的律师，而不是哈伯顿的。(我的费用并不便宜，安德鲁——这就是你得照我说的做的原因。）设想如果地方法官没有那么负责任，这个案件就真的进入审判程序了。设想如果裁决对你不利，谁知道你得付多少钱来摆平——也许是几百万？你必须得向新泽西州立上诉法庭提出上诉——这不是讨价还价，我告诉你。美国法律史上还有更加离奇和不公平的事情发生过。”

“但是——你要怎么做？她得付多少费用？”

格罗斯曼又耐心地解释了一次他的计划。他估算了一下——远比我预期的要多。

“我告诉过你，安德鲁——我们要完胜她。”

有一会儿时间，我感觉到了一种诱惑。就像悄悄爬上跳水板——更高一些的跳水板——（轻轻地、不留痕迹地）——触碰另一个人光着的背，把他推下去。

我差点就要屈服于这个咄咄逼人的律师的建议了，提起上诉，惩罚她。进一步击溃敌人，完胜她。

但是，我听到自己回答：

“我理解，艾略特，但是——我还是不想起诉她。”

“天啊！你是基督徒吗？贵格教派的？这对于你的出版社公平吗？你想让他们付所有的费用吗？”

“我已经告诉过你了，我会自己付所有的费用。我只是想忘掉这件事，恢复我的正常生活。”

“你真是太高贵了，太绅士了。”

（格罗斯曼是在讽刺我吗？我能想象出他鄙夷地撇嘴的样子。）

“我为那个女人感到难过，仅此而已。她并不愿意得精神疾病，这不应该与犯罪行为混为一谈。从她的角度来看，她觉得自己是对的。”

“如果你这么说的话，那么希特勒、成吉思汗都是情有可原的。还有我们那些挑起战争的政客们，他们都是对的。”

“海德尔不是希特勒或者成吉思汗，她是一个孤独的老女人，她幻想自己是作家。有可能在这次发作后，她会瘫痪。我只是不想把她逼入绝境，我们赢了官司就够了。”

“很好，安德鲁。那我们就不管她了。至少是现在。”

“我不想再把这件事继续下去了，求你了。如果有人知道我们在迫害这个女人，我会觉得非常羞愧。我不想再提起‘C. W. 海德尔’了。”

“很好，很难得看到案件的被告这么慷慨，但是‘安德鲁·J. 拉什’很显然不是一个普通人。那你能保证不去主动联系她吗？无论她在医院里还是回到家中。”

“当然！我没理由去联系她。”

“但是你告诉过我你曾经给她打过电话。”

“那次是请求她不要起诉我。我现在没有任何理由再联系她了。”

“可能你认为能够说服她你是‘清白的’。但是你不知道，‘清白’还是‘有罪’不是由你说的，是法律决定的。你所有的二十八部小说都是从 C. W. 海德尔放手稿的书架上窃取的，抑或是你根本就没有剽窃她一个字，这些都不重要；唯一重要的是法官如何判决。别人如何想，比如好斗的 C. W. 海德尔是如何想的，一点都不重要。”

这番话太伤人了，但是我还是强迫自己低声地附和他。

“或许我们还会谈这件事。我不想就这样算了。作为一个专业人士，我想我的建议对客户来说是很有价值的——这件事不可以意气用事。至少，你要向我保证离这个女人远点。”

“当然，我不会。我是说，我不会再联系她。”

“如果她再骚扰你，马上给我打电话。”

“好的。”

“你答应了？如果她再找你麻烦，马上给我打电话。”

“好的。我会马上给你打电话。”

“如果她骚扰你的话，安德鲁，我会毫不客气地反击她。到时候你别再做好好先生了，好吗？我们要完胜她。”

那天晚上，我睡得比平时早。我太疲惫了，不想拿起笔在黄色信笺簿上写下我的灵感了，我也没有呷着威士忌坐在小书桌前，沉浸在黑桃J的故事情节中。

但是我只是断断续续地睡了一会儿。我不停地翻身、叹息，就像一条被捕捞到网里的大鱼一样。

是谁在挥动着鱼网？

第十三章　豁免权

你现在有豁免权了。

如果这个老巫婆指控你，没人会相信她。

黑桃J老是嘲笑我。

黑桃J老是奚落我。

在我“自己的”生活间隙——我作为安德鲁·J·拉什的生活——这些咝咝作响的词语就像泄露的气体。

尤其是当我待在我那位于车库上方的（原来是马厩）、诱人的书房的时候，在这样一个避风港里，我会感到脆弱不堪、如坐针毡。

无论你要做什么，C. W. 是你的目标。

看看你眼前是什么！最诱人的挑战。

“我绝对对 C. W. 海德尔不感兴趣。我不会去询问她的健康状况。”

这是我的决心。

在法院传唤及庭审后的几周，在那个女人在法庭上倒下之后的几周，我总是听到尖叫声。

公一道！

我的工作进展不顺利。我精心设计的《交错》的二十页提纲突然说不通了。我大部分时间都在无精打采地重读、修改。在上法庭前，我大概已经写了一百二十页，但是现在，只有不到一半的地方我能够读下去。

我辛辛苦苦地创作出来的东西，现在在我的耳朵听来是那么的苍白无力。我的小说，在法庭上被那个白发凌乱的女人当众嘲讽，现在在我自己看来，它们也显得平淡而没有说服力。我的那些“人物”，我曾经那么用心地创作出来，对他们每一个都充满爱意，我用铅笔绘出他们的样子，钉在书桌边的软木板上，但是现在他们看起来却在密谋反抗我，在我的背后窃窃私语，说着卡通片里那些空洞的陈词滥调。

你看到了吗？——这个巫婆诅咒了你。

你要消除诅咒，该怎么做？

第十四章 “侄子”

我知道，她被转到了纽布朗斯维克的一个精神病诊疗所，我已经打了好几个电话来刺探消息。

“您想跟海德尔女士说话吗，先生？她现在在休息室里，从我这里能看到她。”

我马上告诉护士：“不，谢谢。我不想打扰我姑妈。”

“海德尔女士不会觉得被打扰的，她很孤单。她来到这儿后好多了，但是如果有人来看望她，会对她的身体康复有很大帮助的。尤其是上了年纪的病人，他们需要看到熟悉的脸庞，这样才能防止他们胡思乱想。您说您是海德尔女士的侄子？”

我回答她：是的，我是她的侄子。但是我只是她的继兄的儿子，住在爱荷华的德鲁斯——（但是德鲁斯在爱荷华吗？）——

我现在离她太远，目前还不能来看她。

“我们希望海德尔女士能够尽快转成门诊病人。她现在是这里最活跃、最健谈的病人。当然，她也总是抱怨。她绝对是个爱发牢骚的人。”护士笑起来，好像想表明她有什么话没说，我应该为此感到感激。

“所以——我姑妈正在好转？她很快就可以出院了？”

“是的，先生。您叫什么名字？我会告诉她您打电话了。”

“斯蒂芬，我的名字是斯蒂芬。”

“‘斯蒂芬’——海德尔？”

“不，斯蒂芬·金。”

那边沉默起来，过了一会儿，她接着说：“您的意思是说——跟那位著名作家的名字一样？”

“是的，名字一样，但不是同一个人。”

“好的！我会告诉海德尔女士您想着她，金先生！”

“请叫我斯蒂芬。”

“斯蒂芬。天啊！”

第十五章　“我不喜欢那样”

“安德鲁，如果你不介意，我想我要参加……”

伊丽娜犹豫地说。我们俩对于她在教友学校的工作有异议，我觉得这份工作薪水很少，对她来说是多余的。

“大部分同事都会去……我不会待到自助晚餐时间。”

“别傻了，亲爱的！如果你想待到吃完晚饭，就这么做吧。”

“嗯，我不想。我当然想跟我的丈夫一起吃晚饭……”

我亲爱的妻子看起来非常地歉疚，为了安抚她，我用既感人又烦人的方式告诉她，她当然可以跟同事一起，在校长家，共进晚餐。如果她急着回家见她每周能见到七天的丈夫，这样会显得很鲁莽，或者显得没有职业精神，或者会让别人觉得她没有别人工作努力。我正好趁这个机会和我一个最近刚刚离婚的朋友共进晚餐。

另外，我还会顺便去趟哈伯顿图书馆，去捐赠一箱书，这些书都是这个夏天积累起来的。我每年都会给当地图书馆捐赠几次图书，这些书都是出版社寄给我的；有时（但不是经常），我会趁此机会捐赠一两本黑桃 J 的平装本小说。我注意到，图书馆没有购买过他的书。

（一次，我询问了馆长这个问题，她是我的老朋友，她不屑地说："哦，嗯——我们不买那样的书。"但是我发现如果是捐赠的话，图书馆没人会在意是黑桃 J 的书，它们会被放到平装本推理小说书架上，跟迈克尔·康纳利、詹姆斯·艾尔罗伊、玛丽·希金斯·克拉克、安德鲁·J. 拉什等作家的书摆在一起。）

哈德利安的教友学校聘请伊丽娜去教艺术的时候，她很高兴，我也为她高兴。自从孩子们都离家后，她尝试了很多种艺术形式，其中有——水彩风景画、涂釉陶瓷、绳艺等——但是这些都没有当老师更让她有激情。伊丽娜还要照顾我们的家、打理财产，她很乐于做这些事情，也在这上面花了很多钱——（当然，都是经过我同意的）；她在当地的慈善机构花了很多时间，在很多基金募捐委员会工作过。对于一个丈夫来说，没有比听到基金募捐这个词更让人心情沮丧的了，但是我尽量支持她的工作。我亲爱的妻子有情绪化和抑郁症的倾向，我一直希望她能够过得充实而快乐。

与此同时，我不想让伊丽娜的善良被别人利用。

“如果有人想利用你，亲爱的，那也应该是我。”

伊丽娜有点畏缩地笑了。我凑过来亲吻她温暖的脸颊，发现她稍微有些僵硬，因为伊丽娜不太喜欢我跟她打趣，这是她自己说的。

我们在罗格斯大学初遇的时候，是平等的；事实上，伊丽娜的分数要比我的高。在写作工作室里，我们碰巧一起上课，伊丽娜·卡辛斯柯的弗吉尼亚·伍尔夫式的“诗性”小说赢得了其他同学甚至是老师的崇拜，而安迪·拉什的海明威式的小说，平淡的语言、笨拙的真实、夸张的场景及好莱坞式的对白，则根本无法与之相提并论。我读过伊丽娜的第一篇小说，写的是一个又聋又哑又瞎的女孩，构思非常新颖，极令人信服，给我留下了深刻的印象。那时候只有十九岁的我天真地想——她就是我想娶的女孩。

在写作工作室里，伊丽娜总是太害羞，不爱发言；在罗格斯大学的年轻女孩中，她不是那么引人注目，也不是那么性感撩人，但是她有一种沉静的魅力，灰金色的头发、金丝边眼镜、热情的眼睛，很显然，她是一个聪明的人。她是那种必须经过雕琢，必须得到别人欣赏，才能熠熠发光的人，对于这种性格的女性，如果有性格比她强悍的人对她感兴趣，她会非常感激。

在我认识的众多女孩中，没有人比伊丽娜更注意我。她眼中看到的安迪·拉什有时候并不是真正的我。

“伊丽娜？请叫我‘安迪’。”

“我觉得我还是叫你‘安德鲁’吧。”

这当然是一种恭维，因为我认识的所有人都叫我“安迪”——一个就像旧运动鞋一样舒服的名字。在“安德鲁”这个名字里，你能看到的是尊严和深沉、复杂。或许我开始爱上伊丽娜·卡辛斯柯了，因为她在我身上看到了我自己看不到的东西。

当然，偶尔伊丽娜也会叫我“安迪”。在她对我充满深情的时刻，在她感受到我的爱带给她舒适的时候，她甚至会叫我“亲爱的”——“达令”。

但是，对于她来说，叫我“安德鲁”是最自然的，因为这个称呼表明了我们之间的些微的距离：“安德鲁”，丈夫、父亲、保护者、供养者。

我们结婚后不久，伊丽娜就放弃了写作。我曾经是她最热情的读者，一直鼓励她，为她修改小说和故事的草稿，但是她逐渐开始怀疑自己当作家的能力。我温柔地劝慰她——“亲爱的，你太在乎精确和完美了。没有必要去修饰每一个句子——只要把你想说的说出来就可以了。”

但是伊丽娜对她自己的写作越来越不自信。我希望这并不是因为我一直坚持拜读她所有的作品，并且提出了我衷心的、真诚的、充满同情的评论。

刚开始的时候，我们在一定程度上是平等的。我们都在海兰德帕克谋到了教职，伊丽娜从开始薪水就比我少一些；她在大学里的高分和教授们对她的喜爱，在出了大学后，都变得毫无意义。在那些年轻而又艰苦的岁月里，我安慰伊丽娜，跟她说这些一点都没有关系——（事实上，确实一点都没关系！）——她拿回家的薪水只有我的不到百分之七十，都花在了交托儿费上。

就像童话故事一样，我们这些年变换了角色。我起初写的一些短篇小说，伊丽娜帮我修改，甚至帮我打字；她为我提供情节方面的建议，它们不像我自己的想法一样不着边际，很真实、很出人意料；在我的对话平淡而又啰唆的时候，伊丽娜也为我提供建议。伊丽娜的毕业论文写的是童话中的主要主题，获得了优秀毕业论文，她建议我在推理小说中运用这些童话中的主题，来增加庄严感。在我的记忆中，她在怀我们的第一个孩子八个月的时候，仔细地帮我重新打出了一篇四十页的小说，并且修正了里面的错误，将它寄给了著名的《埃勒里·奎因推理杂志》，小说立即就被接受发表了。

从那以后，各个经济公司开始给安德鲁·J. 拉什写信。我选择了一家曼哈顿的经纪公司，他们的客户包括一些畅销推理小说作家，此后我一直跟这家公司合作。虽然我的短篇小说不断被拒，但是我尝试写的第一部长篇小说——（在我爱妻的帮助下）——却受到好评；两年之内，我又签了一部长篇小说的合同，曾经出版过很多知名的推理——犯罪——侦探小说的出版社预付了我一笔可观的费用。那时候我还不到三十岁。

从那时开始，我就一直没有间断过写作。我很少会回头看。

伊丽娜放弃了写作，转向了“艺术”。因为我自己对艺术并不在行，所以我对她的努力总是非常支持，虽然有时候我能够看出（我认为我能看出）她的水彩画只有一种没有内涵的美，一点都没有创意；同样，她的涂釉陶瓷和绳艺跟她的女友们做的也没有什么差别。她们都在米尔布鲁克山谷艺术合作社上课，慢慢地她们家里都堆满了“作品”，就像货物越来越多而被渐渐压沉的船只。

当然，我没有跟我亲爱的妻子说这些，毕竟她那么努力。

有时候，我能看到伊丽娜的笔记本。她放弃了写小说，但是却尝试写诗歌——大多数虽然优美（我觉得），却是胡写乱画，根本没有意义。

有时候，我会看到伊丽娜哭泣。

开始，伊丽娜会否认她在哭泣。

她说她只是“坐在那里思考”。

或者说：“没什么，只是心情不好。我永远也无法做我想做的事情。”

或者，我问她为什么，她回答：“可能是因为某种愚蠢的东西，比如孤独。让我们忘掉它吧。”

或者，突然，有一天，她愤怒地擦擦眼睛，回答："安德鲁，你从我这儿拿走了我的想法，我不再有任何属于自己的东西。"

我大吃一惊，简直不敢相信自己的耳朵。

"伊丽娜，太荒唐了！我没有从你这里拿走任何想法，是你不求回报地把它们给了我，我觉得你是自愿给我的。"

这是真的！伊丽娜无力地笑了笑，并没有反对。

"事实上，亲爱的伊丽娜，是你从我这里取走了我的想法。"

我指的是我给她的水彩画的建议。多年前，在她放弃写作之前，我可以在她的作品里看到很多主题、背景设置，甚至人物和对话，都是从我的小说里挪用过去的，但是我从来没有跟我脆弱的妻子说过这些。

孩子们长大了，进入了青春期，后来就成人了。孩子们不再那么需要他们的母亲了，有时候反而是他们的母亲需要他们。我一直认为伊丽娜需要去看看治疗师——各种各样的治疗师。她又开始写作了，但是从来不会给我看她写的是什么。（我也不问。）我们一起去圣巴特、巴黎、尼斯、罗马、佛罗伦萨和威尼斯度假，在这些地方待两三周。在这些地方旅游的间隙，我还会继续工作（我走到哪里都会带着手提电脑和笔记本——如果我不勤奋，我就什么都不是！）而伊丽娜这时候则在观光、照相、跟其他的游客交朋友。

回到家后，伊丽娜有一段时间会精力充沛，但是很快她又会陷入自己的情绪——她的“抑郁症”之中。

伊丽娜教书的教友学校给的薪水微不足道，而且它还为自己的“特殊性”而沾沾自喜——学校那些半业余的教员都很感激学校给了他们这份有价值的工作，但是自从在这个私立学校教书之后，伊丽娜的精神好了很多。我见过的伊丽娜的同事都非同寻常地敬业——大多数是女性。但是他们的校长却是男的，毕业于普林斯顿大学；伊丽娜在这个学校有一个关系很好的同事，是一个亚裔的数学老师，他的名字很拗口，发音好像是“黄立”。

我只见过“黄立”一次，是在哈伯顿图书馆的基金筹集活动上。我感到很惊讶，因为“黄立”跟我想象的一点都不一样，我本以为他会是个呆板、恭顺的亚裔美国人，但是事实上他却是一个非常机智的人，说话很幽默，能让他的（白人）倾听者大笑。伊丽娜曾经跟我提到过，“黄立”是学校最受欢迎的教师之一，女孩子们“总是会爱上他”。

对此，我只能报以一笑。当年我在海兰德帕克中学教书的时候，女孩子们总是会爱上她们的英语老师，拉什先生。

我想知道：“黄立”会参加聚会吗？“黄立”（我相信他已经结婚了，有年幼的孩子）会待到晚餐时候吗？

从我书房八角形的窗户，我看到伊丽娜开着斯巴鲁旅行车（这是我们的车里不那么气派的一辆，另一辆车通常由我开，是新款捷豹）走了。我看着她在米尔布鲁克路左拐，朝着六英里外的哈德利安方向开去。有那么一会儿，我有一种奇怪的冲动，想跟在她后面。

我不喜欢那样。

是黑桃J把这句话插入了我的思绪里，它很随意、不可名状，无须认真。

我不喜欢那样。你也不应该喜欢。

第十六章　塔布罗庄园Ⅰ

伊丽娜离开后，我很快开着车沿着崎岖狭窄的乡村小路开向了哈伯顿。我要给哈伯顿图书馆捐赠一箱书籍。馆长乔迪·哈克尼斯不在，但是我的出现却引起了其他馆员们一阵小骚动，他们叫我“拉什先生”。

“您的下一部小说什么时候出来，拉什先生？我希望能快点看到！”

“是的，快了。”

虽然天空从早晨开始就阴云密布，但是下午六点钟的时候，天还像中午一样亮。我想起来我忘记了邀请朋友一起在哈伯顿酒店吃饭。

在哈伯顿，我长大的地方，我有很多朋友，还有更多的点头之交的朋友。然而，我们的友谊之花似乎开始逐渐凋零，因为我现在很少见他们。(我不想这是因为我在哈伯顿中学那帮好友们觉得我是名人，所以跟我在一起不自在。觉得尴尬的应该是他们，他们和他们的妻子在拜访过我们的米尔布鲁克庄园之后，邀请我和伊丽娜去他们的小房子里共进晚餐，他们好意思吗?)

我慢慢地开车驶过哈伯顿镇。在查佩尔街沿着古迹保护区慢慢向前开，经过了法庭、邮局、红砖的圣公会教堂和教区、塔布罗广场，在路的尽头，我看到了鹅卵石盖成的塔布罗庄园。在这个曾经是达官显贵们居住的街区，路上的行人很少。白天的时候，你可以看到园丁、送货车、邮差；但是现在是黄昏时分，这里看起来很萧条。这个街区到处是庄严、曾经美丽过的大房子——建于十九世纪的“豪宅”。最古老的房子的历史甚至可以追溯到独立战争前，那个时候乔治·华盛顿将军曾经在去参加特伦顿战役的路上寄宿在这幢有倾斜的木瓦屋顶的大房子里。

塔布罗庄园 88 号的房子是一幢残破而丑陋的爱德华七世时期式样的大房子，房子历史非常悠久，已经看不出当年的颜色。它看上去有一种怪怪的庄严。房顶发着绿光，长了一层薄薄的青苔。高高的橡树环绕着这幢房子，橡树因为风吹雨打已经变得残缺不全。虽然我知道海德尔女士不可能在家，但是想到她站在二楼的窗前看着我开车经过她的房子、把车停到圣公会教区旁边，我就感到一阵兴奋的颤抖。

你现在有了豁免权。没人会相信她。

必须得消除诅咒。

我意识到确实是这样，自从我从邮箱里收到那张令我震惊的传票之后，自从我看到那个想毁掉我的白发凌乱的女巫婆，我就受到了“诅咒”。

然而，奇怪的是，我觉得这个“诅咒”——某种飘飘忽忽的、难以名状的心神不宁，就像霉菌引起的潮湿气味，若有若无，拿到鼻子跟前才能闻得真切，它让我再也无法集中精力写作）在我收到传票之前就落到了我身上。

我平静的生活中出现的敌人，它到底是谁，我毫无头绪。

很久以来，我一直是一个对人充满信任的人，我相信每个人都是好人。

停好我的捷豹，戴上一副玳瑁框的旧眼睛，镜片把我的眼睛放大得好像鱼眼睛。戴了一顶暗绿色的脏棒球帽，是我偶然在图书馆的停车场发现的，我把它往下拉了拉，遮住了我的脸。

在汽车的后备箱里，放着我的暗绿色手提包和一个一本书大小的盒子，我在盒子里放了一本很重的平装书。我从妻子放礼物装饰品的壁橱里找出锡箔纸和缎带，用锡箔纸把盒子包了起来，用一个白色的缎带蝴蝶结装饰了一下。我的心因为充满期待而狂跳不已。黑桃J笑了。

真聪明，安德鲁！让我们看看你下一步如何做。

我不紧不慢地踱着步子，就像住在这个败落的街区的居民一样，回到了塔布罗庄园 88 号，带着我的盒子和帆布手提包（空的）。(我并没有看见那个鬼魅一般的白发女人的身影站在窗前，这让我长舒了一口气。）几个街区外的南缅因街有汽车通过的声音，但是古老的塔布罗庄园却像坟墓一样寂静。

我面前是一扇铸铁的大门，得使好大的劲才能推开。进了大门，沿着被风雨侵蚀的石板路，我走到了橡树房门前，按响了门铃。

没有人回答。(里面没人吗?)

我很礼貌地叩了叩门环（是秃鹰的形状)。

还是没人应声。

我在想，要不要（神不知鬼不觉地）沿着房子旁边的石板路，经过杂草丛生的通道，踱步到房子后面，这样做是不是太不明智、太大意了。正在这时，门竟然开了，吓了我一跳——在我面前站着一个矮胖、胸肌发达的黑人男性，灰白色卷曲的头发，穿着舒适的黑色防水布上衣和一条不相配的裤子，他阴沉着脸问我：

“你好？你想干什么?”

我很快意识到这个凶狠的人就是海德尔家的佣人。这个男人很矮，还不到五英尺，他得仰着头才能看到我的脸。

我问他这是不是海德尔的家，他很简略地回答：“是的，海德尔的家。你想干什么?”

我向他解释说：我来自缅因州的班格尔，是一个善本书书商，也出版高质量的书籍，还是海德尔女士的作家朋友。我为她带来了“一本特别版本的书”。她几个月前就想从我这里买这本书，但是最近我才找到。我问他我能否亲自把这本书送给海德尔女士，因为这是非常、非常珍贵的版本。

“不行，海德尔女士不见任何人。”

但是他对我的态度没有刚才那么凶了。或许是因为我戴着肮脏的棒球帽和厚厚的眼镜，还有我说话的绅士风度，让他觉得我是一个文学怪人——我这个样子，说我是 C. W. 海德尔的一位作家朋友，很容易让人相信。

我带着让人消除戒心的微笑又说了一句：

“我非常抱歉自己冒昧地闯入这里，但是，是海德尔女士想让我来的。我的名字是史蒂夫·金。”

“‘金’? 他怀疑地眨了眨眼睛。你是说你是——那个著名的作家?”

“不！我是史蒂夫，史一蒂一夫，他的名字是斯蒂芬。”

“但是，你也是作家?”

“是的，还是一个出版商，我对出版海德尔女士的作品很感兴趣。”

我说的这句话显然是他想听到的！他脸上露出了笑容。

“她肯定会喜欢的，先生，我是说，金先生。海德尔女士会非常高兴的。”

多么地感人啊！这位黑人男仆如此真诚地关心着他的主人。他说他叫艾斯德拉·斯特普斯。

“‘艾斯德拉’，很高兴见到你。”

我伸出手想跟他握手。他很惊讶，犹豫了一下——（显然，他知道他的地位）——然后他握了我的手。艾斯德拉的手有我的一半大，我的手不小——非常有力，很温暖。

“海德尔女士现在不在家，我可以帮她把书收下，我会好好爱护它。她所有的事情都托付给我做。”

“我想我亲爱的朋友海德尔女士要求我必须把这本书亲自放到她的手里。这本书不仅是善本，而且对她有着特殊的意义。”

“哦，那就很遗憾了，金先生，她不在。”

“她什么时候回来？”

“她没有说。”艾斯德拉很谨慎地说。他的额头皱起来，现出焦虑的神色。

“那么，她在哪儿？”

我的关心看起来很真诚，艾斯德拉放松了警惕。

“海德尔女士生病了，她在医院治疗。她去了纽布朗斯维克的什么医院。他们说，她很快就会回家的。”

“哦！海德尔女士病了？”

“她以前就是这样，海德尔先生死去之后，她很悲伤。那时候她就进了医院，几周后，她恢复了健康，回家了。”

“真的！那听起来——很乐观……”

我感到一阵同情和愧疚。C. W. 海德尔犯病、倒下，并不是我的错，但是我可以理解，常年的挫折、愤怒和失败真的可以让一个踌躇满志的作家变疯、崩溃。

我向艾斯德拉解释道：我和海德尔女士曾有过书信往来——“也就是说，一种通过信件建立起来的友谊”——但是我们还没有见过面；我告诉他海德尔女士自愿将她的几本藏书借给我，让我做美国哥特小说的研究。事实上，我希望能够将海德尔女士自己的一些作品也包含到我的研究中来。

“是的，她总是在写东西。她听到肯定会很高兴。但是她没告诉过我有人会来拿她的书……”

“如果我亲眼看到那些书，肯定知道我需要哪些，艾斯德拉。”

艾斯德拉这种对人天真的信任令我感动，他领我进了海德尔家的房子。房子里很多房间光线幽暗、散发着霉味，好像从未有人在里面生活过。家具上、甚至吊灯上都盖着鬼魅似的床单。在房子的后部，有一个很舒服的房间，里面东西摆放得很满，有一张红木的桌子，上面堆着书籍和纸张。还有一个很旧的皮沙发，一些靠背椅。屋子里还有一个石砌的壁炉。大半的墙壁上都摆着书架，上面塞满了书。地板上铺着充满东方情调的地毯，有些地方已经磨损了，而有些地方还保持着原本的颜色。我想——这是她的房间，我没有权力闯入这个女人的房间。

沙发上，一只皮毛光滑的黑猫在棉垫上卧着，它盯着我，眼睛里闪烁着金币一般的光芒。它的尾巴不安地摆动着，但是它并没有跳起来惊慌地逃走。

艾斯德拉告诉我海德尔女士“总是在写作”——但凡他在家里干活，总是能看到她在写东西，从她父亲刚雇佣他的时候起就这样。

“海德尔女士肩负着‘使命’——向世界传递‘信息’——她说。她拼命地争取能有真正的出版社出版她的书——而不是总靠自己出钱来出书。她见到你会很高兴，金先生……”

我不知道艾斯德拉是否读过他的女主人写的东西。他知道她起诉别人的“使命”吗？他知道——怀疑过——她不是很正常吗？他就那么毫无疑心地忠诚于她吗？他就没想过深入探究一下她的举动？

我怀疑 C. W. 海德尔根本就没有亲戚，或者没有跟她亲近的亲戚。这幢庄严而破旧的爱德华七世式建筑已经破败了几十年，房子的主人只能在其中的一间房间生活。如果没有这个“仆人”——这幢房子和它的女主人会变成什么样？

事实上艾斯德拉确实看起来像侏儒，童话中的仆人一般就是侏儒。他长得矮小、敦实，上半身看起来没有侏儒的特征。他穿的工作裤上面污渍斑斑，黑色旧夹克并不合身，袖口卷着。他领我进房间的时候，我从他的话里听出来他不住在塔布罗庄园，而是住在远处；他每天至少来这里一次，负责收邮件、喂猫、确保房子一切正常。

“艾斯德拉，我就把东西放在这儿，谢谢你!”

我把锡纸包的盒子放在了书桌上一个显眼的地方，这样的话，海德尔踏进房间第一眼就可以看到。

给她带来这本书做礼物，这个主意不知道从哪儿冒出来的——前一天晚上我想到了这个主意。我把斯蒂芬·金的《危情十日》从书架上拿下来，在上面“题写”了如下文字：

向 C. W. 海德尔致以我永远的感激之情

您的朋友及真诚的崇拜者

史蒂夫·金

班格尔，缅因州

当然，我伪装了笔迹，还在这段话后面画了一些带着嘲讽微笑的脸。

海德尔回来看到这些，会多么愤怒!

这是一个残忍的玩笑，但是——正如黑桃 J 所说——没人强迫 C. W. 海德尔去对金、拉什还有其他的作家提起诉讼。

是她惹你的，她对你施了诅咒。

艾斯德拉告诉我，如果我愿意，可以浏览海德尔女士的书架，但是他帮不了我。他在房子外面有事要做——他在清扫暴风雨之后的落叶。他说无论他如何努力工作，都赶不上这个房子出问题的速度，海德尔女士回来之后看到这些会伤心的……

我感谢了艾斯德拉，告诉他我可以自己浏览书架，不需要他的帮助。

这位忠诚的仆人在用耙子清扫落叶的时候，我在窗户后面偷偷地观察着他，有一丛浓密的葡萄藤挡着我，我可以看到他，而他看不到我。

是她惹了你。不可饶恕。

"我的天!"

我从书架上抽出了两卷陈旧得可以称得上是古董的玛丽·雪莱的《弗兰肯斯坦》。书里面的纸张已经变脆了，书的边缘也已经磨损，但是书上显示的出版日期是 1823 年！这是多么珍贵的版本啊！我不知道这样的版本在今天的市场上值多少钱，但是我猜它的价值要比我收藏的所有"初版"图书加起来还要高。

在《弗兰肯斯坦》旁边是同样古老的由玛丽·雪莱亲笔签名的《最后一人》；旁边，是布莱姆·斯托克的《德古拉》(1897)、《裹尸女人》(1909)、《白蠕虫巢穴》(1911)，这些都是由布莱姆·斯托克亲笔签名的，虽然墨水有些褪色了，但是字迹依然清晰。

在斯托克旁边，是谢里丹·勒·法努的几本初版书，其中有《镜中暗影》，我曾经听说过这位杰出的爱尔兰哥特小说家，知道他对斯托克的《德古拉》的影响，但是我从未读过他写的书，一个字都没读过。

让我懊恼的是，我发现海德尔的藏书中有一些比我的藏书更早的版本，还有一些比我的收藏更珍贵的初版书，而我以前曾对自己的藏书引以为傲。我看到了亨利·詹姆斯签名的初版《螺丝在拧紧》(1899)，而我只有未签名的初版；阿尔杰农·布莱克伍德的签名初版《空房子》(1906)，我只有未签名的第二版；威尔基·柯林斯的签名初版《月亮宝石》、《穿白衣的女人》、《无名氏》，我只有未签名的、后来的版本。还有埃德加·爱伦·坡的《反常之魔》，这是这位为心魔所困的天才作家晚期知名度较小的作品之一，它看似回忆录，实则小说；或者，它看似小说，实则回忆录？跟海德尔的藏书相比，安德鲁·J·拉什的藏书是多么不值一提啊。(更让我羞愧的是，我不得不承认，在我的藏书中，我读过的不到十分之一。十几岁的时候和二十几岁刚刚走上写作道路的时候，我曾经如饥似渴地读过书，但是后来，收藏书籍变成了一种占有的快感或炫耀的虚荣感，而非纯粹的读书的快乐。)

书架的其他地方，我就不太感兴趣了，上面放着的是皮革包边的英文经典作品——莎士比亚作品集、弥尔顿、萨克雷、狄更斯、沃特·斯科特爵士，等等。还有拜伦、华兹华斯、丁尼生、哈代、马修·阿诺德等人的诗集。还有一些我不认识的书——有十几本叫艾维·康普顿—伯内特的人写的；还有十几本艾丽丝·默多克的作品，我当然听说过她，但是没有读过她的作品。

我告诉自己，无可厚非，海德尔家族是新泽西的一个古老家族，可以追溯到独立战争前；海德尔的祖先曾经做过乔治·华盛顿将军的助手，还有一个在二十世纪初期的时候曾经做过新泽西的州长。海德尔继承这幢当时还算显赫的街区的房产时，一起继承了这些珍贵的书籍。也许她父亲或祖父曾是一位书籍收藏家，这一切都不是她做的。

我望了望窗外的仆人，他正在整理杂草丛生的后院，于是我就从书架上抽出几本珍贵的书籍放进了我的背包中——其中包括《弗兰肯斯坦》第一卷和第二卷、《白蠕虫巢穴》、《螺丝在拧紧》。我很机智地把书籍重新安排了一下，这样就看不出明显的缺口了。

她不配要这些书！多少年来，她连看都不看它们一眼。

这些战利品，献给胜利者。

这时候，那只皮毛光滑的黑猫从沙发上跳起来，朝我扑过来，嘴里发出“喵”的叫声——依然摆着它的尾巴，眼睛如发光的金币一样瞪着我。

“好猫猫！你是——‘撒旦’吗？”

我笑了，因为这个名字不知道从哪儿冒出来的。

“‘撒旦’？你是吗，小猫猫？”——我蹲下来爱抚着小猫，它很漂亮，看起来也想要我的爱抚；但是它却朝我愤怒地喵喵叫，它背上的毛竖了起来，就像一只万圣节猫一样，朝我露出它的牙齿，看起来一点都不想让我爱抚。

“下地狱去吧，‘撒旦’，你属于那里。”

我对猫的冷漠感到很气愤，因为动物们总是很喜欢我的——尤其是狗。猫的性情比较捉摸不定，虽然它们很美丽。

我把这个房间仔细地研究了一下，它一端通向一个厨房（高顶、老式的），另一端通向会客厅（家具盖着布单，有霉味）。

从摆放东西的杂乱程度来看，这里是储藏室：到处是一堆堆的老报纸、杂志、广告页、宣传册等东西。另外有东西堆放成一堆，看起来就像石笋一样兀自矗立在哪里，是一堆从哈伯顿公共图书馆借来的书，已经过期很久。很快会有一天，这幢庄严的爱德华七世式样的老房子就没有让人通过的路了。狭窄的、噩梦般的通道，一个疯癫的女人想奋力挤过……

壁炉旁边一定是海德尔最喜欢的地方，那里有一把曾经很雅致的维多利亚式靠背椅，上面覆盖着天鹅绒，坐人的地方已经塌陷下去了，就像下垂的屁股一样；椅子旁边是一张小桌，上面堆放着（很令人惊讶）近期出版的精装版书，有两本是斯蒂芬·金的；我警觉地发现一本我自己2004年的小说《出去，进入》。(不知道海德尔有没有仔细地阅读里面的句子，来寻找“来源”——“影响”？我不敢拿起那本书去检查她有没有做标记。我还是不知道为好。)

这个巫婆能证明什么！她是个名誉扫地的疯子。

法院已经对她颁布禁令来保护你。

这里的壁炉差不多跟我家那让我引以为傲的壁炉一样大，也是由粗石和灰泥砌成的。不同的是，这个壁炉里面堆满了灰烬，而我们家的壁炉则干干净净，每周一有一个年轻的危地马拉女孩来我们家负责打扫房子。壁炉里的黄铜柴架变得很晦暗，急需有人来把它擦亮。柴火乱七八糟地散在炉底，好像有人扔在那里一样；壁炉上放着一把斧子，看起来也像是随便被人扔在那里的。这把斧子很古老，斧头很粗糙，斧把的木头已经有些腐朽；锋刃不锋利，然而有人（艾斯德拉？海德尔自己？）曾经拿它去劈木头，导致它的锋刃劈裂了。壁炉旁边的地上堆放着引火物，上面结着蜘蛛网，是一些旧得已经褪色的报纸，我隐约辨认出报纸是《哈伯顿周报》。

在壁炉旁边的地板上，有很多的爪印。你可能会觉得这里曾经举行过女巫午夜狂欢会——好多的爪印啊！但是，这些肯定是“撒旦”的脚印。

厨房的地板铺着油毡，脚踩上去黏黏腻腻，很不舒服。煤气灶非常陈旧，燃烧嘴已经生锈了；冰箱是通用牌的，大概是二十世纪七十年代左右出产的，发出沉闷的嗡嗡声，好像消化不良的人发出的呻吟。厨房地板上铺着编织的餐具垫——价格肯定很昂贵——上面摆着至少五个猫食碗，里面是食物和水；很明显，艾斯德拉把他的女主人的黑猫喂得很好。在厨房的后门上有一个小塑料门，肯定是让猫咪出入的。这只被宠坏的小动物能够随意出入这所房子。

为什么我突然想起了埃德加·爱伦·坡的《黑猫》——里面的黑猫非常受主人宠爱，却不知道为什么被它的主人掐死并且封在了墙里，墙里面发出了（死了的）猫的令人毛骨悚然的叫声，它的主人因此而发疯了……

“这种事不会发生在我身上。”

（我为什么要大声地说出这句话？我大声说了吗？有时候我不确定我是在自言自语还是在思考。或者是别人在跟我说话。）

海德尔的厨房可能有几十年没修缮过了。里面散发出腐臭的食物、变质腐烂的水果的味道；污垢、灰尘、悲伤。然而这些味道混合在一起，却不怎么令人不快，就像一床旧毯子，盖了多年，却很少洗过的味道。

厨房里放着一张厚木板桌，在桌子旁边放着椅子，一看就知道海德尔经常坐的是哪把，因为只有一把椅子上放着靠垫。这把椅子正对着台子上放着的一台电视机，电视机很小，乍看还以为是个玩具。桌子正上方，悬挂着一个九十瓦的灯泡，没有任何的装饰。我为这个孤独的老处女感到遗憾——海德尔一定就是孤独地在这里吃饭、阅读、看电视的。

我觉得是她的亲戚们疏远她，而不是她疏远他们的。她的那些年轻点儿的亲戚可能还想着这个老女人在遗嘱里能够给他们留点遗产。我替她感到悲伤。

这个女人变成你的敌人，并不是你的过错。

不是你的过错，这个女人公然地想要毁掉安德鲁·J. 拉什。

这是真的！我无法忘掉。

我回到了书房，又从书架上拿了勒·法努的几本布满灰尘的书放到我的背包里。还拿了 H. G. 威尔斯的《莫洛博士岛》，我刚才没注意到这本书，它跟其他的那些藏书一样珍贵。我抵制不住诱惑，又拿了《反常之魔》。在窗外清理树叶的那位忠诚的仆人根本不知道家里有个窃贼在公然地偷书。

她不会怀念这些书的。她有钱，却很粗心——她不配拥有这些宝藏。

我把书放到海德尔的书桌上后，就马上离开了她的书桌，我刻意回避这个地方。我真怕那个女人的气息从书桌里散发出来——挫折、失败、愤怒、疯癫——吸一口这种气息，可能会传染到我。

书桌上特别显眼的是一台老式的雷明顿牌打字机，非常沉，是办公室用的型号；打字机旁边整齐地码放着打出来的手稿。(怕被传染，我没敢低头去看手稿上的题目是什么。) 在窗户上方的书架上，整整一面墙的书架上，全都是海德尔的日记——看起来好可怕，那么多的日记，从 1960 年代开始，她一直固执地、勤奋地写了几十年，直到现在——2014 年。虽然我很容易伸手够到那些日记，但是我一点都不想看。在桌子旁的一个小书柜里，放着 C. W. 海德尔自己的作品。最久远的写于 1960 年代，是大学出版社出版的，作品上面的署名是“科林·雷恩·海德尔”。(这就是我的敌人的名字！“科林·雷恩”——她的同学们听到她的名字，一定会露出怜悯的微笑吧。) 书架上有一些自费出版的书，其中有一些封面设计得很花哨，书脊上写着作者名字 C. W. 海德尔。第一本，大概也是最先出版的，书名是《海德尔和海德尔：诗歌选集》——书上署名的作者是 W. J. 海德尔和 C. W. 海德尔——他们是父女？出版年份是 1973 年。

出于好奇，我弯腰大致看了一下书柜里面书的名字——其中有一本，封皮上用镀金的字母写着：《交错》！

这个发现简直让我大吃一惊，我的心脏遭受了猛烈一击。

C. W. 海德尔怎么可能已经写过一部七十页的中篇小说《交错》？由一个自费出书的出版社出版于 1999 年——这正好是我正在写的书的题目，过去的几个月里，我为写这部小说绞尽了脑汁，而海德尔却早已出版了一部同名的小说！

海德尔有没有给哈伯顿图书馆“捐赠”过她的书？有没有可能我无意中碰巧有一天看到这样一个题目而激发了灵感，而我却想不起来了？

我不这么认为。

我认为《交错》对于我的小说来说是一个理想的题目，这会是我最好、最用心的一部小说。我选择这样一个题目并不容易，现在没法再改了，因为它的情节是题目的反映，而题目也是情节的反映。

安德鲁·J. 拉什，被认为是“绅士们眼中的斯蒂芬·金”，在他的第二十九部小说中设计了异乎寻常地机巧而新颖的情节……

这部作品与他以前的作品风格迥然不同，安德鲁·J· 拉什，这位“绅士们眼中的斯蒂芬·金”，使我们震惊……

我在脑海中如此想象小说发表后的反响。

我的小说可能会得到《纽约时报》的全文书评。

(我还厚着脸皮幻想斯蒂芬·金能给我撰写书评，并且刊登在《纽约时报书评版》头版。但是现在我觉得这个幻想永远不可能实现了。)

现在，《交错》这个题目看起来像在嘲笑我。但是经过了几个月的努力，我已经无法更改题目了……

C. W. 海德尔看到我“偷”了她的题目，会很愤怒的。虽然法庭颁布了禁令，她可能还是会起诉我。我希望那个疯女人不会对我做出什么疯狂的事。

就我所知，海德尔从未去过米尔布鲁克庄园。她没有如格罗斯曼预言的那样跟踪我。

如果她进了你家，威胁你，你有权力杀了她。

如果她诅咒了你的生活，你有权力保护自己。

现在，我的膝盖受不了了，于是我坐到了海德尔写作的椅子上。这是一把餐椅，椅背是直的，上面有一个肮脏的靠背。我不情愿地看了看海德尔正在写什么——（我害怕被她“影响”，就像害怕埃博拉病毒一样）——但是我抵制不了翻阅一下她自费出版的书的诱惑——这些书绝不比我自己的书少，是由一个“真正的”出版社出版的。

我看到了另一部中篇小说，它有一个有趣的题目——《超感》(1974)。

出于好奇，我大致浏览了一下第一章，然后是第二章、第三章……我脖子上的汗毛都竖起来了。故事描写的是一个理想主义的年轻女推理小说作家，名叫“科林·温盖特”。她很天真地接受了一个豪华酒店的看护者的工作，旅馆距离她的家很遥远，在阿迪朗达克山脉，小说上说位于萨拉纳克湖北部的一个叫斯蒂克斯尔（Styxl）湖的地方。她在酒店淡季的时候，即大雪封山的时候接受了这个工作。这个年轻的女人不仅是一个“天才”的作家，而且还有“预知未来的能力”——即“超感”。(她能够看到未来，但看得不是很清楚；她没有能力改变未来。) 这个年轻的女作家带了她的表妹到斯蒂克斯尔湖跟她做伴，两个女孩各自带了她们的宠物猫咪；她们一来到豪华的斯蒂克斯尔酒店，就被幻象和鬼魂所困扰；很快，年轻的女作家就失去了写作的能力，她和表妹开始沉迷于偏执的幻想之中……小说虽然写得很花哨，读起来很具有“诗性”（当然是“诗性”这个词最贬义的那个含义)，但是《超感》确实讲了一个扣人心弦的在荒野之中精神错乱的故事；虽然章节过长，情节太过戏剧化，但是每个章节都自成一体，渲染得很有激情。其中有一个情节特别引人入胜，也特别恐怖：作家的猫被魔鬼传染，开始攻击另一只猫，最后开始攻击它的主人。

《超感》在斯蒂芬·金的《闪灵》出版前（我记得好像是1977年出版的——我当时还是个年轻作家，印象很深。）很多年就出版了。多么奇怪！

有没有可能年轻的斯蒂芬·金以某种方式接近过C. W. 海德尔的《超感》? 太难以置信了，然而……

书柜里另一本海德尔写的书题目叫《阴暗的自我》。这本小说总共九十页，没有出版，打印稿用大理石条纹的纸装订起来，上面用水笔写着年份——1983年。我大略浏览了其中一些过于“诗性”的情节，是一个哥特式小说，里面讲述一个理想主义的年轻女推理小说作家（卡罗尔·惠勒）被她的男性笔名（或者说另一个自我）征服：男性作家出版“下流、恶心的恐怖故事”，而女性作家出版“颇受文学界好评的小说”；男性作家获得了商业成功，而女性作家仅获得评论界的好评，还获得了零星的一些奖项。女性作家想铲除掉男性作家，她烧了他的书，并且把灰烬扔到了沼泽里；过了没有几天“神清气爽的、快乐而自由的生活”，女性作家又一次被男性作家战胜，他想要（不知道如何）杀掉故事发生的那个历史悠久的新泽西村庄的半数居民。这是一个荒诞而又夸张的恐怖故事，我实在无法读下去，虽然故事情节我很熟悉。小说的情节，与斯蒂芬·金的《黑暗的另一半》非常相似，但是这部《阴暗的自我》却比它早好多年。

我又可笑地想到斯蒂芬·金可能接近过海德尔这部未出版的中篇小说。即使这个疯狂的“准”作家曾经把自己的手稿寄给过斯蒂芬·金，金也不可能看过；如果他看过，也看了不会超过一两段，因为这部小说太夸张，太过“高尚”了。

我小心地把《阴暗的自我》放回了书柜里。我不想想起——（也不打算想起）——我与黑桃J越来越让人不舒服的关系。

另一个书架上，摆着同样也是自己装订的手稿，也是C. W. 海德尔写的，题目是《赫克特郡的女巫姐妹》（1979），时间要比约翰·厄普代克的《东镇女巫》早。（我记得格罗斯曼笑着告诉我海德尔曾经想起诉厄普代克。）还有一本海德尔写的《切里维克俱乐部的鬼故事》(1974)，这是一本冗长的小说，年份复杂，人物繁多，比彼得·斯特劳布特别复杂的小说《鬼故事》要早好几年。

是巧合吗？肯定是。

不可能是。

太让我震惊了！在书架的底层，我竟然看到了我自己写于1991年的小说《午夜谋杀案》，书已经破损。对于这本小说，出版社抱有极大的希望，他们觉得我这本小说具有纪念碑式的意义，一定能将安德鲁·J. 拉什推向畅销书排行榜的榜首；然而不幸的是，他们的期望并没有成真，虽然这部小说确实在排行榜的榜尾徘徊了几周，平装本卖得还不错。我很沮丧地看到几乎每一段话海德尔都用红笔画过了……这是一部原创小说，讲述的是一对连体兄弟，他们手术分离后，互相都认为对方死了，我发誓这部小说的情节完全是我原创的；然而海德尔却有一份三十页的故事提纲，讲述的是一个跟我的小说几乎相似的故事，她的小说的名字叫《黄昏谋杀案》，她曾经在1987年4月将小说投稿给纽约的一个出版社，还寄了“第一章的样本”，但是却收到了退稿信。

更让我沮丧的是，她投稿的那家纽约的出版社竟然是我的出版社。

《午夜谋杀案》和《黄昏谋杀案》的情节相似，这是无可辩驳的事实，除了两部小说的最后一章略有不同，其中一部小说的结局是双胞胎中“正义的”那个战胜了“邪恶的”那个，而另一部小说的结局则相反。

我并不怀疑海德尔在 1987 年就构思了这部推理小说，早于我自己的小说，但是我没有剽窃!

显然，海德尔在法庭上，用她嘲讽的语气，读了《午夜谋杀案》和《黄昏谋杀案》的段落。我觉得屈辱，因此不想去听。现在，我感受到一阵羞耻像波涛一样向我袭来，安德鲁 · J. 拉什被当众羞辱了。

在海德尔的书桌抽屉里，有一个鼓鼓囊囊的档案袋，里面装的都是出版社和杂志社（《星期六晚邮报》、《纽约客》、《大西洋月刊》）写来的信，信件从 1970 年代初开始。大部分信件内容很简单，都是拒稿——我们很遗憾地通知您……有几封信是个人写来的，其中有一封 2003 年的是圣马丁出版社的一位（女）编辑写来的，里面有一份手写的附言——你的故事差一点就让我出版了！请以后多多投稿。

海德尔收到这封信该多么地充满希望啊！但是在厚厚的一沓拒稿信里，这封信是唯一一封有正面答复的。

还有一个更深一些的抽屉，里面放满了牛皮纸文件袋——有打印稿、故事轮廓、梗概；有线条示意图、家庭照、剪报，等等。抽屉里散发出的潮湿发霉的味道让我感到眩晕。我重重地关上了抽屉。

我觉得头晕、疲倦。我没吃午饭，亲爱的伊丽娜抛弃了我，独自去赴晚宴，她宁愿跟“同事们”一起吃晚饭，包括那个瘦得像竹竿的长着油亮黑发的“黄立”。

一个毛茸茸的东西触碰到了我的腿，原来是“撒旦”，它的脑袋顶着我的腿。它的喘息声在我听起来就好像是在大笑。

“但是——我是无辜的。我真的没有‘偷盗’……‘剽窃’……”

我想说服这只黑猫，而它却困惑地盯着我。

我无法理解自己的新发现——海德尔的作品与和她同时代成功作家的作品的相似性，到底是不是巧合？

“可怜的女人！总是错过……”

从很小的时候，海德尔就努力想成为作家；她有绝妙的灵感，这些对于推理－恐怖小说来说都是非常卓越的灵感，然而（很明显）她却无法像其他那些获得巨大商业成功的作家一样很好地处理这些想法。

《黄昏谋杀案》真的就不如《午夜谋杀案》吗？——我不想读她写完的第一章来证明。

房间里到处放着家庭照片。很明显，就是年轻的时候，C. W. 海德尔也不漂亮。从孩子的时候开始，她就对镜头不屑一顾。她的长相给人感觉很强硬、脾气很坏；即使是在那些坐着拍摄的正式照片中，她也不苟言笑。有一张照片中，她戴着耀眼的白色学位帽，穿着白色的学位袍（是中学还是大学？）僵硬地站在那里，带着一股傲气，看起来好似坚贞不屈的样子；可以看出她对自己很有信心，但事实证明这是毫无依据的。她三十多岁的时候，看起来确实像艾茵·兰德。作为一位女性，显然她的性别并没有帮助她成为一位作家，虽然她并没有女人味。她想闯入美国通俗推理－恐怖小说这样一个男性统治的领域，没有几个女人能够做到，更别说海德尔这样一个长着男人相的女作家了。

或许，如果海德尔长得漂亮点，或者有女人味点，可能有编辑会认真地阅读她的作品，帮她修改，然后出版。但是这一切对她来说都不可能，难怪这个可怜的女人会精神崩溃。

别傻了。她恨你。

别忘了，你在这幢房子里有豁免权。

是这样的。就像黑桃J所想，我在塔布罗庄园的这幢房子里有豁免权。卡尔森法官（他是我的一个熟人，可能提出过回避审判我的案件的请求，但是没有成功）审理了我的案子，驳回C. W. 海德尔诉安德鲁·J. 拉什案，很明显卡尔森法官宣布这一决定的时候是多么地不屑。如果她再起诉我“偷窃”她的东西，会被轰出法庭的。

哈伯顿的警察们会听她的吗？我对此很怀疑。

我曾经想让格罗斯曼不要再起诉海德尔，但是我后悔了，我同意让他提请法院颁布禁止令，防止她对我进一步骚扰。

格罗斯曼开玩笑说：“有了这个禁止令，这个老巫婆就不能骚扰你了，但是如果你是个记仇的人，你可以骚扰她。”

我没有笑，我告诉格罗斯曼这太荒唐了。

“嘿，对不起，安德鲁，我只是开玩笑。”

“这一点都不好笑。我跟你说过了，这个可怜的女人精神不正常，我为什么要‘骚扰’一个精神不正常的人?”

我很生格罗斯曼的气。我尽量控制自己不去磨牙（来表达愤怒)。庆幸的是，我们是通过电话交谈，格罗斯曼无法看到我脸上的表情，我脸上的表情一定很狰狞。

现在我又想起了我们的对话。如果你是个记仇的人，你可以骚扰她。

我不想骚扰C. W. 海德尔，对于这个傲慢的女人来说，她当作家的尝试完全失败，她被送到精神病院，她对我的起诉以失败告终，这些就是对她最大的惩罚。

我不认为拿了她书房里的一些珍贵藏书就是“骚扰”。我的理由是：海德尔（可能）永远也不会注意到这些书不见了。我也不认为自己获取这些书的行为是“偷窃”——因为同样的原因。

她欠你的。你没有起诉她让她付所有的诉讼费用。

我决定拿走一本她的《超感》。她肯定不会怀念这本书，因为书架上还有好几本，她收藏书的方式是多么奇怪啊!

我不会把这本古怪的中篇小说放在我的书架上展示，我会把它存在收藏黑桃J作品的地下室里。

在离开这幢房子前，我检查了报警装置。我知道报警装置装在哪里，一般都是在壁橱里；我想要拆除它，但是发现它已经被拆除了。塔布罗庄园 88 号的这幢爱德华七世式的房子根本没有安全装置，除了门锁和窗锁。

我打开一个关着门的房间，开了屋角的一扇窗户，艾斯德拉不会注意到这扇窗户开着。为安全起见，我又打开了一个会客室里的一扇窗户。

万一我想再次拜访海德尔的住处，我就可以从开着的窗户里跳进来，当然，我根本就不想再次光顾“这个犯罪现场”。

我准备要离开的时候，敲了敲窗户，告诉艾斯德拉我要走了。他还在清扫落叶，朝我笑了笑，用手触了一下额头，向我做了个问候的手势。这是同志间打招呼的一种方式——要保护处于困境中的 C. W. 海德尔的意愿将一个黑人仆从和一位白人绅士拜访者紧紧地联系在了一起。

* * *

在开车回家的路上，按理来说得到这些新的收藏品我应该感到兴奋，但是我却垂头丧气、不如预期中那么高兴。

我摘下太阳镜，把棒球帽扔到一边。马上快到家了，开上车道的时候，我发现伊丽娜的车还不在，我觉得我已经离开家好长时间了。

第十七章　秘密书房

几天过去了，几周过去了。等待。

起初，我迫不及待地查看当地新闻，看有没有海德尔家遭遇入室盗窃的报道，或者是关于海德尔的报道。

海德尔出院了吗？她回家了吗？她对放在书桌上的签着史蒂夫·金名字的“礼物”有什么反应？

或许她被这个恶作剧气得旧病复发，又一次崩溃了。

我相信，如果海德尔死了，《哈伯顿周报》上肯定会有讣告，但是上面没有刊登过讣告。

又一次，我壮着胆子开车经过塔布罗庄园 88 号。那幢凋败、丑陋的老房子，它的古老的砖块、被风雨摧残的树木，强烈地吸引着我。我希望至少能够看一眼这幢房子的守护人，但是却没看到任何人。没有人站在高而狭窄的窗前，看着街上。

现在不要进去。你太冒险了。

好像我需要黑桃J警告我似的。

*　*　*

“艾斯德拉？你好……”

在哈伯顿商场，梅西百货后面的停车场里，有一个矮小敦实的黑人男子快步走过来，穿着工作服，我看到他觉得很兴奋，虽然我能够看出来（当然，我能看出来）他比艾斯德拉年轻，但是我还是刹住车，把头探出车窗叫他；但是这个男人我不认识，他惊讶、警惕地看着我。

“对不起，先生！我把你当成一个老朋友了。”

可恶。

出于谨慎，我把所有珍贵的新收藏都藏在了地窖改造的藏书室里，那里收藏着黑桃J所有的书。虽然没有人会看出这些书曾经属于海德尔——书里当然没有藏书票！——然而我却不能冒险把我的这些有作者亲笔签名的珍贵书籍——《弗兰肯斯坦》、《白蠕虫巢穴》、《螺丝在拧紧》、《镜中暗影》、《莫洛博士岛》——还有独一无二的《反常之魔》，放到我楼上的藏书里，虽然我很喜欢它们，但是如果我把它们放在那里的话，来访者会带着崇敬的心情仔细翻看它们。

你竟然把《德古拉》给落下了。笨蛋。

这着实让我懊恼。我为什么没把《德古拉》放到背包里？如果海德尔注意不到其他的书不见了，她当然也不会注意到《德古拉》丢了。

藏书的地下室没有窗户——当然，是我自己粉刷的：米色的墙，白色的天花板。虽然天花板很低，只有约六英尺，距离我头顶还不到两英寸，但是这个地方却很舒适，大概是因为它很隐秘。四面墙上都是书柜，但是书柜都不满；因为黑桃J还处在事业的上升期。我腾出空间来，慢慢地再把它们填满。我把这些珍贵的新书放到与我视线平齐的地方，专门放到一个书架上。

现在，这些珍贵的书籍都保存在了我的秘密书房（我想到了这么一个名字）里。我往里面安装了干燥器，在楼上的书房里我也安装了这东西。（我发现仅两本《弗兰肯斯坦》就价值七万五千美元！）我想，如果海德尔发生了不测，就没有人会发现这些书属于她，这样我就可以光明正大地把它们摆在楼上书房的书架上骄傲地炫耀它们了。

我进入秘密书房的时候，会把门反锁，这样我才会感觉到绝对安全。孩子们还住在家里的时候，很少会对父亲的藏书感兴趣，（很遗憾）就像他们对父亲的写作事业根本不感兴趣一样。

我们的大儿子克里斯上五年级的时候，有一次，他放学回家（那会儿我们还在海兰德帕克）问伊丽娜——“爸爸写的是‘趣味低级的推理小说'吗?"我们被他的问题逗笑了。我感受到了这个问题背后的偏见，但是我并不认为这个问题可笑。(我后来对这位势利的五年级老师进行了报复，而他却毫不知情，他后来不得不重新开始在鱼龙混杂的求职市场到处投递简历，寻找另一份教职。那个自命不凡的混蛋!)

茱莉亚上中学的时候读过她爸爸的几本推理小说，她说我的书"让人爱不释手"，"充满意外"，但是（我知道）她上了布朗大学后就不再读我的书了，而且当别人问她父亲是不是安德鲁·J. 拉什的时候，她有点尴尬。(伊丽娜责备她说："你应该为你爸爸骄傲!"茱莉亚回答："我为他骄傲啊，妈妈——只是人们问我的时候，我觉得有点难为情，因为我不知道他们是怎么想爸爸的。")

家里的男孩子们中——克里斯不怎么读小说，他自己承认的；戴尔，他自己也承认，他几乎什么书都不读。两个男孩都在新泽西的普通的公司里从事普通的"电脑"工作。他们现在二十多岁了，天天打游戏来"放松"。

就我所知，伊丽娜读过安德鲁·J. 拉什的所有作品。她的评价总是非常正面。多年前我们的写作工作室里那个目光敏锐、聪明灵活的评论者身上到底发生了什么？我亲爱的妻子调低了她的批评期望值吗？将她的期望值调到了迎合安德鲁·J. 拉什的程度？我的妻子是在迁就我的小说吗？

他们对黑桃J一无所知。我一想到他们知道这件事后惊讶的反应，就会笑起来。

是的，但是他们永远不会知道。那是我们之间的秘密。

黑桃J出现在我的生活中并没有多久，然而他的第五部小说还有几周，也就是在十月，就要出版了，这是多么令人惊讶的成就啊。虽然出版商计划要稍作宣传，或者他们含糊地许诺要做宣传，但是这次出版会完全保密。新小说名字是《鞭笞》，我在去年的冬天一直在专心地打磨这部作品，但是现在我已经记不清里面的情节了；安德鲁·J. 拉什写的每一句话、每一个段落、每一页，甚至每一章，都是呕心沥血、绞尽脑汁之作，而“黑桃J”写东西的速度很快，写完之后印象模糊，写作过程虽让我筋疲力竭，却也非常令我满足。我对《鞭笞》的记忆是，它有一个突兀而且令人厌恶的结局，以主人公命丧陡峭悬崖下的一潭深水收尾，他的死亡看似自杀，实则是谋杀；跟黑桃J的其他小说一样，这篇小说中的主人公也遭遇了一个“幽灵”，它威胁到了主人公的妻子、家人和他自己，因此必须用暴力铲除掉。

出版社把《鞭笞》的校稿小样寄到我在哈德利安租的邮箱，现在就放在书柜里，黑桃J的平装版书的旁边。出于好奇，我看了看封面，它看起来很吓人，很粗糙地复制了古斯塔夫·克里姆特一幅色情画，上面有一个充满情欲的女人。（我允许他们这么做了吗？很明显！）在克里姆特的画中，裸体女人的红发栩栩如生，而这本书的封面上的裸女则是白发，但是也能够看出她充满情欲。两幅画中，裸女都摆着充满暗示性的姿势，手放在头后，张开的胳膊露出了腋毛。

恶心。大男子主义。

是让人有想法的小说——但不是好的想法。

我不知道茱莉亚是否读过黑桃J的其他小说。我很生气，因为我女儿是个任性而顽固的女性主义者。我不愿意把她看作一个“成熟的”年轻女人，有着自己的生活——我不愿意想象她跟任何人有性关系……

“安德鲁?”——我身后传来了声音，出乎我的意料。

是伊丽娜。我刚才没有把秘密书房的门关严，伊丽娜站在门外。

“哇，这是什么？地下书房?”

直到现在，伊丽娜都没见过这间“储藏室”——虽然我告诉过她这个地方是用来存放多余的书的。看到书房里的那些嵌入式书架、嵌入式灯具、一张舒适的黑色皮椅、地板上的一块小地毯，她瞪大双眼，可以看出来她是多么震惊。

我快速地把伊丽娜推到门外，关上了门。

“亲爱的，你是在监视我吗？希望你没有。”

“‘监视’——？没有，我——我好像听到……”

“咱们上楼吧，我马上走。”

我努力朝她挤出一丝微笑，我努力让自己的声音听起来不那么无礼，我努力让她听不出我有多么厌恶她的行为。

她知道得太多了。知道这幢房子里有一个她不知道的秘密所在就算是知道得太多了。

伊丽娜今天还有一件令我讨厌的事，她化了妆，抹了淡珊瑚色的口红，脸上搽了粉——戴了银项链和银手镯——她参加教友学校的同事聚会，打扮得太正式了。她穿得很端庄，还做了头发。脚上穿着后空细跟凉鞋，非常引人注目，我确定我以前没见她穿过。在家里，跟她丈夫待在一起的时候，伊丽娜根本懒得化妆，穿着牛仔裤、没型的衬衫或毛衣、一双旧运动鞋。

现在是九月末，法庭传唤事件过去了几个月。

离敌人闯进我的生活有几个月了。

“安德鲁，你为什么看起来那么生气？如果我打扰你了，对不起——我并没有‘监视’你——真的……我刚刚回到家，想跟你打个招呼——你没在书房——我听到地下室有声音……”

“‘声音’？别荒唐了。”

“嗯，我——我猜我弄错了。对不起。”

“怎么可能有声音？除了我，家里没人。”

我们一起上了楼。伊丽娜在我面前畏畏缩缩的，她结结巴巴地道歉说她以为有人跟我在一起，可能是修理工、送货工——“真对不起，我弄错了。到底怎么了？你为什么会那么生气？”

我在这个女人的眼睛里看到了恐惧。为什么我自己的妻子会害怕我？

"我没有生气，伊丽娜！你这么说是在侮辱我。"

伊丽娜依然战战兢兢，她想快点走开，我用一只手抓住了她的肩膀——她发出了惊讶而痛苦的叫声——我马上放开了她。

我们互相盯着彼此，都非常震惊、喘着粗气。我无法相信我的妻子竟然激怒我，让我做出违背我本性的举动，我也无法相信她竟然使得现在这种情形更加恶化，她抽泣着说："安德鲁，你喝了酒后，我恨你，你不是自己了——你让我害怕。"

"这是对我的侮辱。我没有喝酒。"

伊丽娜跑上了楼。他妈的，我才不追她呢。

她嫉妒你。你的才华，你的成功。

你是个男人，要比她优越。只这一点，这个女人就无法忍受。

我返回了秘密书房。

想要检查一下门锁和干燥器。想要欣赏一下我刚得到的那些宝贝。太奇怪了，我是那么以它们为荣——好像是我把这些珍贵的书籍从地狱中抢救出来一样。

房子暗下来了。伊丽娜已经上床睡觉了。我想她的眼睛一定肿了。该死的，下次如果再让我发现她。

近来，这种情况经常在我们俩之间发生。好像伊丽娜是在试探我的底线，看看我到底能容忍她到什么程度。

她的变化跟她从秋季学期开始在教友学校工作有关。好像她的情绪重心已经不是这所房子了，而是转移到了那儿。

不是你，他的丈夫。而是他。

我曾经看到过一次那个男人——“黄立”。我们开车在路上走，伊丽娜朝车窗外一个骑自行车的人挥手——男性，头发黑亮，穿着紧身弹力短裤和 T 恤——我以为是伊丽娜的学生，而伊丽娜告诉我他是一位教数学的同事。

他认出了伊丽娜，也挥手致意。

我把车加速超过了他，把他落下了一大段距离。

自从那次，我意识到：几个月以来，我经常听到伊丽娜在屋里的角落或者屋外（离房子有段距离的地方）打电话。好像她是在躲着我——躲着我，她的丈夫。

我觉得，伊丽娜是在故意激我，好像她想故意激怒我，故意让我对她动手。

我不是那种喜欢偷听妻子或者别人说话的男人。我不是那种打老婆的人，我也不打任何人。

在秘密书房里，我注意反锁上了门。我往玻璃杯里倒了些苏格兰威士忌。

她对你一无所知。

他们也不知道你。

我想起了埃德加·爱伦·坡的《黑猫》，里面的妻子也像那只黑猫一样被掐死了，她们两个都被封在了墙里，那里发出了可怕的叫声。

第十八章 忏悔

小心！你处于巨大的危险之中。

一整晚，第二天白天，伊丽娜都躲着我。在写作室里，我无法工作。我觉得恶心，心里也不舒服。一想到黑桃J，我就充满了沮丧。

“我必须停下来。不要再用‘黑桃J’的名字写作了。”

我不安地等待着。好像一个人感受到心脏有些微的颤动，又等待着更加强烈的颤动，直到最后的心脏病。

等待着那个嘲讽的、威胁的声音。

然而——什么都没有。窗户开着，窗外一阵风吹过，环绕着房子的高大的树木发出沙沙的声响，这是多么美妙的声音，我禁不住热泪盈眶。

“我要把那个可怜女人的书还回去。我要跟伊丽娜道歉。我再也不喝酒了。”

那天一大早，我还没完全从睡梦中清醒，伊丽娜就起床上班去了。这是我们中的一方第一次没有跟另一方说再见就离开家。

这是件小事，我知道。这只是我们婚姻中的一个小裂痕。

前一晚，我在秘密书房里陷入了昏睡。我的脚下是空的威士忌酒瓶。

快九点钟的时候，我东倒西歪地上了楼，家里没人。家里所有的房间都洒满了秋日耀眼的阳光——像是在告诉我房子里空无一人。

“伊丽娜？你在哪儿……”

我的头很疼。我眼睛里的血管怦怦地跳着，给人一种不祥的预感。好像有什么人，或者什么东西，要跟我说话。

那天，是漫长的一天，我一句连贯的句子都写不出来。在我的写作室，这个曾经不止一次被当地杂志描述为“通风”、“宽敞”、“拥有美丽的乡村风景”、“私密而隐蔽”、“作家的梦想”的地方，我都无法集中精神。《交错》，它的情节是多么的呆板，题目是多么的空洞，我还曾经那么引以为傲。词语和它们的意义分离开来。当我想要大声地朗读那些需要特别注意的段落的时候——我经常这么做——我的脑海里回响着那个白发女人的声音。

窃贼！剽窃者！杀人犯！

“我不是杀人犯……”

在你的内心里，你是一个杀人犯。你想让你的敌人死。

“我不想让任何人死。我——我害怕伤害任何人……”

你害怕的只是自己的罪行暴露而受到惩罚。就是这样。

“这不是真的！在我的心里，我不是那样的。”

讨厌的声音絮絮叨叨地说着，一会儿是 C. W. 海德尔，一会儿是黑桃 J。我完全无法分清楚到底是谁。

在我们的房产里，有一片湿地，离我们的房子不远，那里散发着强烈的腐臭味，很可能是农场里动物的粪便都被倾倒到这里来了。伊丽娜和我发现了这片“湿地”——我们这么委婉地称呼它——想把这里的表层覆盖上泥土。即使穿着高筒靴，也没人愿意在这片“湿地”里行走——因为害怕被吸入这片又稀又臭的泥地。这片臭烘烘的腐烂之地，上面到处盘旋着蚊子、苍蝇、蝴蝶等飞虫，真是一片充满生机的死亡之地。

然而，在这片沼泽里，却有一些美丽的生物：各种颜色，各种大小的蝴蝶、红翅黑鹂、白鹭。

美洲蝮蛇，就像小鞭子一样发出噼噼啪啪的声音。

黑桃 J 就像是这片沼泽。你能够往它上面覆盖泥土——但是泥土会沉下去。你能够往上面铺上木板——但是木板也会沉下去。

最好避开这片沼泽。它散发出的乌烟瘴气会让人上瘾、让人中毒。

*　*　*

“伊丽娜？对不起。我不知道我到底怎么了……我没有意识到我酗酒。我根本没有意识到我喝酒。”

我把伊丽娜瘦削的小手放在我的手心里抚摸着，她的手指僵硬，虽然并不抗拒，但也不迎合。

是这样的：我不知道我昨晚到底怎么了。我为什么突然对我深爱的妻子那么生气。

“伊丽娜，你原谅我吗？我发誓不会再发生这样的事了。”

伊丽娜的眼睛低垂，她显得很压抑、拘谨。

“我一直处于压力之下，我没有告诉你……”

这句话让伊丽娜抬起了头，她看着我，如我所希望那样。

“……我一直躲着你，是因为那件事虽小，却很有破坏性。”

“那件事是什么？”

“跟我的写作——我的‘事业’有关。有关安德鲁·J. 拉什的荣辱兴衰。”

“但是‘安德鲁·J. 拉什’就是你。请告诉我发生了什么事……”

我感受到了结婚多年的妻子对我的爱。亲爱的伊丽娜，她爱上了“安迪·拉什”，他那会儿是多么的配不上她，她不知道吗？

这么多年，我一直努力欺骗她。

我的事业，不是她的。为什么伊丽娜不决绝地反抗？她为什么要向我屈服？

伊丽娜一天都不在家——从早晨大约八点到下午六点——虽然我打了无数个电话，但她都没有接。当然，我伤害了她的感情。一个女人，也是有她的骄傲的，她不能让自己在婚姻中陷入过于从属的地位。然而，我亲爱的伊丽娜对我是那么地投入，她的生计完全依靠安德鲁·J. 拉什。她马上又对我充满同情了。

“亲爱的，你听过‘海德尔’这个名字吗？”

“‘黑特尔’——一个多么奇怪的名字！”

“不是‘黑特尔’——是‘海德尔’。他们是当地的一个家族。”

伊丽娜皱了皱眉，想了一会儿。“是的——‘海德尔’——这个名字很熟悉。他们为哈伯顿做了很多贡献——有一个以他们的名字命名的公园，在教友学校还有一个海德尔奖学金。学校里还有一个成绩不错的叫海德尔的学生。但是我一个都不认识。”

词语从我的嘴里源源不断地蹦出来，我毫无保留地坦白了：有一个叫海德尔的老女人，也是哈伯顿的居民，她是一个失败的准作家。在夏天的时候，她想要起诉安德鲁·J. 拉什。但是法庭驳回了她的诉讼。

伊丽娜耐心地听我说着，“然后呢？”

“然后——就是这样。她起诉我侵犯隐私，但是法庭驳回了她的诉讼。”

侵犯隐私比偷盗、剽窃好听点，让我觉得没那么不舒服。

“‘侵犯隐私’——多么荒唐。她怎么能这么说?”

“我的律师告诉我，这是一起典型的妨害诉讼。这种事情经常发生在一些成功的知名作家身上，比如斯蒂芬·金。”

“但是你也‘成功’和‘知名’啊，安德鲁！很遗憾这件事情让你如此烦恼，你都没有告诉我。我现在理解你为什么那么心烦意乱了。”

“更离谱的是，她居然起诉我从她那里‘窃取’——‘剽窃’东西。”

“天啊！简直是开玩笑。”

伊丽娜那双让人温暖的棕色眼睛里满含着既愤怒又同情的泪水。她问了我很多妻子关心丈夫的问题，但是我向她保证没有什么可说的了——真的。“她的起诉被认为毫无根据，卡尔森法官驳回了起诉。”

现在伊丽娜把我的手放到了她的手心里，来平息它们的颤抖。

“但是你为什么依然那么焦虑，安德鲁？起诉不是已经被驳回了吗?”

第十九章　塔布罗庄园Ⅱ

没人会知道！你会像一只羔羊一样纯洁无瑕。

我又一次开着车，来到了哈伯顿的塔布罗庄园。只是这次，是在午夜之后。

法院旁边的这个“历史悠久”的街区就像焦油坑一样漆黑一片。

现在已经入秋了，九月的第一周，夜晚非常寒冷。我戴了手套，穿了皮夹克，戴了一顶软呢帽，帽檐拉得低低的。

我的衣服全是黑色的，脚上穿的耐克跑鞋，也是黑的。

伊丽娜不知道我去哪儿了。她也不知道我出去了。我等到我亲爱的妻子上了床，睡熟了之后，才偷偷地从家里溜出来。

头顶上，挂着一轮淡红色的月亮。我朝着月亮笑了笑，眨了眨眼。

只有你，是我的目击者。

但是你永远不会说出去。

我的心跳得很快，这次是欢悦的跳动！

我在写作室中，日复一日地，被迫写作、努力写作，写那部以前叫《交错》的推理小说，进展缓慢。

夜晚，我以黑桃J的身份写作，却收获颇丰。

但是安德鲁·J. 拉什是我。我要是放弃我自己，那就糟透了。

我感觉到精神振奋！夜晚，游荡在外面，神不知鬼不觉，穿着我的夜行衣。

我从一开始就知道必须做什么，要做什么准备，为被冤枉的一方讨回公道。

我不是一个普通的窃贼。我得承认，我被C. W. 海德尔书架上看起来多年无人动过的珍贵藏书征服；我被诱惑了，这是个错误。

现在，我是一个忏悔者。从某种意义上来说，我也是一个懦夫，因为我想把几周前我偷窃的书归还给C. W. 海德尔。

自从九月第一次拜访塔布罗庄园88号，我就一直在中邪似的查看当地的新闻有没有关于海德尔的报道，我还一直在网上追踪斯蒂芬·金的行踪，看海德尔有没有对我冒用斯蒂芬·金的名字对她耍的小花招有愤怒的反应。我有点期待看到这样的标题——斯蒂芬·金被新泽西跟踪者威胁。更好点的新闻标题是这样的——斯蒂芬·金的跟踪者被捕。

或者是这样的标题——受读者爱戴的畅销书小说家斯蒂芬·金被精神失常的女性跟踪者谋杀。

或者——精神失常的女性跟踪者试图谋杀受读者爱戴的畅销书小说家斯蒂芬·金，却反被杀。

但是，这些都没有发生。时间一周一周地过去，这些更没有发生的可能。

我只能猜测海德尔几周前已经痊愈，现在回到了塔布罗庄园。当然，我不知道她的精神是否已经恢复正常——也许，她仍然病得很重。也许，她身体很差，因此没有兴趣去报复斯蒂芬·金和其他的敌人。

她可能接受了电击疗法。她可能服用了大量的镇静剂。现在，她可能已经完全忘掉了安德鲁·J. 拉什。

《哈伯顿周报》上没有关于塔布罗庄园 88 号发生盗窃案的报道。我急切而又恐惧地阅读上面的每一条新闻，每次我都觉得肯定有类似这样的标题——塔布罗庄园 88 号的珍贵书籍被盗——警方正在调查海德尔家住宅的珍贵书籍失窃案——但是，还是什么都没有。

难道海德尔没注意到她书架上的空隙吗？我做得那么聪明，掩饰得那么好，以至于海德尔没有注意到吗？一个拥有如此多珍贵书籍的收藏者，却是如此的粗心，这让人难以置信，C. W. 海德尔对我来说，确实是个谜。我不能把她想得跟我一样理智、做事有理性。

我的计划是趁夜色进入她的房子，把我拿走的那些书（《弗兰肯斯坦》、《白蠕虫巢穴》、《螺丝在拧紧》、《镜中暗影》、《莫洛博士岛》）神不知鬼不觉地放到原位。

当然，还有《反常之魔》，虽然我特别喜欢这本书。

C. W. 海德尔自己写的那本跟斯蒂芬·金的《闪灵》内容特别相似的中篇小说《超感》，我决定自己留着，因为她的书架上还有很多本，所以少一本她不会在意的。

事实上，像海德尔这样很久没出版过书的作家，如果知道像安德鲁·J. 拉什这样的知名作家愿意花时间来读她自费出版的书，她应该感到很荣幸。

庆幸的是，九月我第一次光顾这幢房子的时候，是想着一定还要回来的，因此我开了两扇窗户。

不是你，安迪。不要欺骗你自己。

你可能会问——为什么我不把这些书寄给它们的主人？当然，我曾经想过这样做。但是，如果邮寄的话，就得通过美国邮政服务或 UPS 或 FedEx，即使只是把它们包好，放到房子前的台阶上，也会引起海德尔的注意，她会知道书被人拿走过；很可能，海德尔在病中受到无数幻觉的困扰，根本不会注意到书丢了。如果她注意到书丢了，一定会质问艾斯德拉，可怜的艾斯德拉会因容许窃贼入室盗窃而获罪；还有可能，艾斯德拉会向海德尔详细地描述颇具绅士风度的中年窃书贼的长相，海德尔会向警方提供线索。

并不是我害怕海德尔这个偏执狂。安德鲁·J. 拉什现在对于这个女人无端的指控有“豁免权”。海德尔是一个当地法律系统都认识的怪人：格罗斯曼已经请求法庭向她颁布了禁令，禁止她骚扰我。

我这是一个仁慈、善意的举动。我不想让人觉得我这么做是因为对自己的鲁莽举动感到后悔。

黑桃J现在经常会沉默。当我期待他的机智时，他总是沉默。

他抛弃我了吗？那是件好事吗？

我现在仅限于晚餐的时候喝一两杯白酒。家里没有威士忌了。近来，伊丽娜对我似乎没那么小心翼翼了。我们现在又是恩爱夫妻了——或者说接近了。为了庆祝我们结婚三十周年，我们计划实现一再推迟的西班牙之旅。我打算给她买一串漂亮的黑色珍珠项链。我们的儿子，不知道为什么，以前总是跟我很疏远，现在也变得友好起来，至少他们发来的邮件和短信看起来是这样的。

小心！现在走错一步都会是致命的。

当然，我不会把车停在海德尔家庄严的大房子附近，到了夜晚，这里看起来像一座陵墓。事实上，整个街区看起来像一座到处都是高大、华丽坟墓的墓园。

黑暗中，有几处零星的灯光，但是这些灯光很幽暗，根本没有“照亮”任何重要的地方。我带了一支手电筒，它的光束虽然很窄，却很强，我只在最需要的时候打开它。

我快速而又安静地穿过大门和草地。沿着房子一侧行走，避开那些常绿树木的树枝。在刺骨的冷空气中，我可以看到自己呼出的气体。手电筒的灯光就像激光一样，指引我准确无误地前行。

我找到了以前我打开的窗户！我用了点儿劲，它打开一个仅容我爬过的缝隙。幸运的是房子周围有一些大陶罐，我能够站在上面，够到窗台。

现在——我进了房子！手电筒的光线指引我穿过那些盖着裹尸布一样的布单的家具。虽然我有点上气不接下气，但还是准确无误地找到了房子后部海德尔的写作间。我很熟悉这里有点让人喜欢的味道。我觉得我刚来过这里不久，那时候被书架上的藏书弄得眼花缭乱。

我推断海德尔睡在楼上一个离这里比较远的房间。我很确定这个女人一定吃了镇静药，睡得很死。当然，房子里只有她一个人。

我原本计划把书归还到它们以前的位置，然后就离开。如果不出什么差错，整个过程不超过十分钟。

但是既然我来了，在这样一个“禁地”，我实在无法抵制到处搜寻一下的诱惑。借着手电筒的光，我看到了书架上一本让我垂涎已久的书——《德古拉》，是由布莱姆·斯托克亲笔签名的初版。

我是多么地想要这本书啊！然而……

拿走它。快点！

别傻了，你应该拥有它。

我把《德古拉》拿下来，放到了我的背包里。

然后，我又看到了另一本书——安布罗斯·比尔斯的《死亡之舞》，如果换做另外一个不如我眼光敏锐的人，肯定会忽略它，而我却为它所吸引。我很兴奋地打开布满灰尘的封面，发现这也是一本初版书，出版于 1877 年，由比尔斯题词并亲笔签名。

我自己收藏的那些比尔斯的书都是第二版或第三版的，一点都不珍贵，而且没有作者签名。

“我必须拥有它。”

(刚开始写作的时候，安布罗斯·比尔斯是我带着兴奋与敬仰之情读过的几位作家之一。)

因此，我的背包里又多了一本书，加上里面我原本打算还给海德尔的。

我最后没把海德尔的书还回去，所有这些莫名其妙地就发生了，我并没有刻意做什么决定。我觉得非常兴奋！

当然，这就是你来这里的原因。拿走你想要的东西，没有人能阻止你。

我用手电筒扫过书架，先横向然后纵向；扫过书桌上那台庞大的雷明顿打字机；扫过石砌的壁炉。我用眼角的余光看到，或者说我觉得我看到，地上有什么东西在动；但是我转过身去，那个影子却消失了。

我推断什么“真实的”东西都没有，只是手电筒的光造成的影子。

然后，我搜查了海德尔的书桌。这真是一张老古董桌子啊——它曾经是一件非常美丽的家具，是一张属于绅士的桌子；现在却非常破旧，布满疤痕。打字机上的很多按键都磨得非常光滑，已经无法辨认出字母；上面有使用者的尖指甲磨出的凹痕，我感到非常震惊；在这张红木书桌的表面上，有深深的圆形印记和污点，好像是使用者不经意地把杯子放在上面造成的。我瞥了一眼桌子上放的手稿——庆幸的是，上面不是我的小说的名字，也不是我可以据为己用的：《地狱的鞭笞》。

虽然，这个小说题目听起来有点熟悉，我的心里为此咯噔了一下。

我记得有一个抽屉里放着海德尔的私人物品。我用手电筒照了照，里面有笔记、小说提纲、散落的手稿、剪报、家庭照……我再一次感觉到这个房间里有什么东西，或什么人，我打着手电筒，迅速转身，看到了一双像金子一样闪亮的眼睛。

一声尖锐的嚎叫——喵。

“撒旦！该死的。”

值得庆幸的是，它的叫声并不大，但是在安静的夜晚却显得特别刺耳。如果家里有非法闯入者，狗会狂叫以惊醒主人，来吓走闯入者，而这只黑猫却不管家里有没有陌生人进入，只是我——它的新朋友——的所作所为激起了它的兴趣。

“你愿意跟我一起回家吗？嗯？撒旦？你真漂亮。坡要是见到你，肯定会喜欢你的。”

(我本不屑于跟动物交谈。事实上，我觉得那些跟动物交谈的人都很傻。但是，在这样一个既兴奋又紧张的时刻，我发现自己竟然在跟海德尔这只叫声微弱的猫说话，好像我们是同谋似的。)

我凑过去想拍拍它的脑袋，它却像普通的猫一样缩回去，不让我摸。它竖起脑袋，发出了一声比上次声音大些的、令人战栗的叫声——喵。

“嘘！你知道我不会伤害你的。”

我在抽屉里翻找档案袋，看到一些海德尔家的照片，最早的是1920年代照的，上面都是一些长相奇怪的人；海德尔家族的人有一个共同的特征，他们都长着鹰钩鼻、突出的额头、犀利而尖刻的眼睛、好似嘲讽人的嘴巴。好多张照片里的人物都无法辨别性别，他们都长着海德尔式的白发，好像遭到电击一样竖起来。

我挑选了一些照片放到了背包里。我也不知道是为什么，就是觉得这些私人物品对我来说很珍贵；我的小说《交错》里的一些人物还需要更加贴近生活的原型，而这些照片可能会给我提供灵感。我还拿了一沓情节大纲。当然，海德尔不会想念它们的。

现在，你应该离开了。一会儿都别再待了。

我准备离开。我的背包里已经装不下了。但是我注意到在壁炉旁边到处布满灰尘的地上，在斧头和铜柴架的旁边，放着一堆纸板箱，上面有一些抽屉。我意识到这是海德尔带到法庭的材料，里面装着的是所谓的安德鲁·J. 拉什抄袭的证据。我感到一阵喜悦和一阵兴奋。

不。没有时间了。别管那些东西了。

但是我不能离开！——不检查一下这些文件，我无法离开。这些东西太沉了，加上我刚才得到的那些战利品，根本无法带走。我可以把手电筒塞到兜里，但是其他东西都无法塞下了。

我笨拙地蹲下，用力拉开其中一个抽屉。

在手电筒刺眼的光线之下，海德尔一丝不苟手写在白色卡片上的内容根本无法看清。这些是从我的书里抄的句子吗？是她所谓的抄袭自她的作品的内容吗？这些就是卡尔森法官在法庭上宣布驳回的那些“证据”吗？

或许我可以拿走其中的一些卡片，至少一沓。或许——我还可以计划再光顾一次。

不。快点。你必须离开——就是现在……

但是，虽然知道我身处危险之中，应该尽快逃离，但是我却没有动。我以一种极不舒服的姿势蹲在那里，弯着腰驼着背，翻找着那些让我魂牵梦绕的材料，这时候有什么东西蹭了蹭我的脚踝——是撒旦的脑袋。我伸出手去拍了拍这个漂亮的小动物，天真地觉得它真是我的同谋，对我很友善；但是我突然感觉到它尖锐的爪子抓在我的手背上，透过了我的手套——“该死”——突然，我的脑袋旁边有一阵犹如彗星爆发一般的混乱。

“窃贼！流氓!”——我听到一声尖利的叫声，真真切切地，就在我的背后。

一把斧头朝我挥来。斧头疯狂地上下挥舞，朝着我的脑袋猛劈过来。我试图从蹲着的姿势站起来，却失去平衡。我拼命想逃离，腿却不听使唤。我听到一个嘶哑的声音祈求着——“不要！请不要！不要!”——（这是我自己压抑的声音吗？无法辨认。）——斧头落下，陷入书桌里，溅起木屑，就在我的脑袋旁，只差了几英寸；这时我已经沉重地倒在了地板上，东方地毯覆盖下的地板非常坚硬。我挣扎着恢复平衡，想要夺过斧头，拼命地抓住它，绝望使我的头脑一片空白，我不停地挥舞斧头，我听到尖细的、不似人类的声音（是我的？还是袭击我的人的？）——“不！不……”——匆忙之中，我瞥见了袭击者短粗的手指和像死人一样苍白的胳膊，肌肉松弛，罩在睡衣的单薄的袖子下，还听到胜利与暴怒夹杂的低沉的叫喊；我又举起了斧头，粗糙的斧刃放射出迟钝的光芒，尸体倒下的摇晃变得一发不可收拾，斧头砍入人骨就像砍入一个没有硬壳保护的西瓜一样简单，动脉血汹涌地流淌出来，中间还夹杂着灰白色的脑浆。

还有一个声音，好似无法相信现实地说：不，不，不，不，不。

第三部分

第二十章　十岁哈伯顿男孩在坎特蒙特公园的矿坑溺亡.1973年7月

没有人责备我。

没有人当着我的面责备我。

第二十一章　猞猁.2014年11月

"安德鲁！这上面有条可怕的新闻。"

伊丽娜把报纸放在我面前，上面一则新闻标题很耸人听闻——这是我在一向沉稳的《哈伯顿周报》上第一次看到这样的标题。

海德尔家族女继承人在塔布罗庄园的家中被杀

入室，蓄意抢劫

嫌疑人已接受审讯

我们正在与厨房相连的玻璃门廊里吃早餐。我感到一阵头痛，以至于眼睛都无法看清报纸上的字迹和科林·莱恩·海德尔多年前拍摄的阴沉的照片。一位六十八岁的老妇人，自从 2003 年其父亲去世后，一直独居于哈伯顿塔布罗广场的大房子里。她被深夜闯入房子蓄意抢劫的攻击者用斧头杀害。

伊丽娜站在我身后，颤抖地说："用斧头袭击!"

在看到《哈伯顿周报》之前的几天，我们就一直在看电视上当地新闻对于这场凶残的谋杀的报道。

我也一直听到广播中总是用"爆炸性新闻"来形容这起谋杀。

"可怜的女人！你曾经说过她的精神不正常。她不应该独居的。那个为他们家工作了多年的仆人有可能是谋杀者，多么可怕啊!"

据说哈伯顿的警探们正在审讯为海德尔家工作过的人。报道中援引这个女人的亲戚的话：海德尔女士因为不信任银行，经常将大笔金钱散放在家中。虽然媒体并没有披露具体细节，但是我从哈伯顿警局的一位熟人那里得知，那位从 1985 年就一直为海德尔家工作的仆人，是主要嫌疑人。

这真是一则令人震惊的消息。这是《哈伯顿周报》上刊登的真正令人难过的消息。

这不是你的错。安德鲁·J. 拉什不应该受到责备。

你没有选择。要么是你死，要么是她死。

伊丽娜在小声嘟囔着，这真是巧合，被杀的女人正好是起诉我的人！她一定是一个非常不快乐的人，自己独居在那幢大房子里。

“很明显‘C. W. 海德尔’多年前曾为《哈伯顿周报》和当地其他的出版物写过东西。她为‘艺术’专栏和书评版写过文章……哦！看她的照片，拍摄于1963年。她的头发变白之前看起来就很奇怪。”

伊丽娜翻到了内页。报纸的专栏在我的视线中变得模糊，我闭上了眼睛，不想看到那些东西。

这不是你的错——记住这个。

别软弱！别做懦夫。

你只是为了自我保护而从她手里夺过了斧头。除此之外——你没什么可后悔的。

伊丽娜还在说这起“可怕的，骇人听闻的”凶杀案。上一次哈伯顿发生暴力凶杀案还是在1971年——一对酒醉的夫妻打架，结果妻子被玻璃转门挤死。但是这起凶杀并不是发生在塔布罗庄园附近。

“很明显，海德尔女士跟她的邻居们‘不和’。她这些年来提起了‘很多次诉讼’。”

我的头感觉到一阵阵跳痛，无法听我的妻子说话。

你做得对。陪审团不会宣告你有罪。

陪审团不会谴责安德鲁·J. 拉什。

自从那晚后，黑桃J就一再侵入我的思想，因为我没有其他的人可以商量。

没人会责备你。没人会责备你。没人会责备你。

耻辱！

黑桃J总是毫无预兆地发出他的声音，有时候他的声音虽让人毛骨悚然，却也让人感受到他支持的态度；有时候，他的声音却充满了讽刺。

耻辱 耻辱 耻辱 耻辱。

然而安迪不应该受到谴责。

“安德鲁，亲爱的?”——伊丽娜的声音听起来很紧张——“你说什么?”

“我说什么了？我肯定我什么都没说。”

一阵沉默。伊丽娜本想说话，但是没有说。很快我们就不再谈报纸上的事了。终于可以有一会儿不提斧头谋杀案了。

“要喝咖啡吗?”

“好的，亲爱的。给我来点咖啡。”

伊丽娜走了。我觉得很放松！

我想起了几天前，那个夜晚，我是如何逃离那块血泊之地的。

在漂亮的玻璃门廊这个既私密又安静的空间里，我对自己竟然能做出那样的举动感到震惊，我处于那样一种绝望的情形下，而且是发生在不久之前，简直令人难以置信。现在，我感到浑身无力，我无法相信自己竟然能够从海德尔手中夺过斧头，将斧柄抓在我自己手中，挥动着它——不是你抓住了斧头，不是你，是另一个人的力量注入了你的身体，你才做出了这种事。

昏昏沉沉地，我想象着海德尔那晚的举动：她在楼上的房间睡觉，醒来后，悄悄地来到楼下，想要抓住闯入者。正常的女人——任何正常的公民——不会做出如此不计后果的、报复性的举动。她没有片刻的害怕，连 911 都没打。她只是想用斧头来袭击闯入者。

自从那晚之后，很多次我都想知道：在昏暗的灯光下，她是否认出了安德鲁·J. 拉什。她是感到惊讶，还是没有。

我进入房子的时候动作非常轻，整个过程动作都很轻。肯定是邪恶的撒旦弄醒了它的主人。

我在查看书架的时候，撒旦跑上楼弄醒了海德尔，让她下楼走向了死亡。

她为什么没有发出警告？为什么没有发出尖叫吓跑入侵者，来救她自己一命？

她当时处于那么愤怒的状态，是她想要用斧头劈开我的头颅。她在我头顶，对我尖叫“窃贼！流氓！”的时候已经太晚了。

该受到谴责的是那个疯女人，不是你。

你虽然浑身鲜血，但是还是像羔羊一样纯洁无瑕。

我从那个女人手上夺过斧头的时候，并不清楚下一步做什么。我只是模模糊糊地意识到我应该重击她——举起斧头，朝着她白发的头颅劈下来——并不是杀人，而是拯救我自己的性命。

我的喉咙发出了压抑的嘶吼——不 不 不 不 不。

一下子，到处都是湿乎乎的，热血四溅，我的脸上、衣服上、手套上，都是血。

我扔掉斧头，尸体倒下了。那颗长着凌乱白发的头颅垂在肩上，头骨碎裂，热血脑浆一起涌出。

我疯狂地想要把她——她的尸体——扶起来。想要让她苏醒——不，是让它苏醒。但是没有生命的身体就像一袋水泥一样沉重。

“不！我并不想这么做——请不要……”

(我大声地说了吗？庆幸的是，伊丽娜此时在厨房中摆弄我们那台精美的咖啡机。)

但是那个女人——她已经变成了尸体——倒下了，身体扭曲着倒在地板上，睡衣因为沾满鲜血而变黑。她曾经那么爱责骂别人，那么爱挑剔指责，现在变得完全安静了——不，是噤声了。

那只发疯的猫在几步之外朝我发出嘶嘶声，眼睛瞪着我。如果我手里拿着斧头，一定朝它劈过去了，因为我突然疯狂地想把它劈成两半。

“你这个魔鬼！”

然而，我逃跑了——浑身是血、喘着粗气、呜咽着、浑身颤抖着——把凶器扔在一旁。但是我还有一些意识，知道要拿走我的背包。背包里塞满了我的战利品，非常沉重，手电筒发出窄而强的光束——我并没有从画室里开着的窗户逃走，而是从一个侧门逃跑的，从这扇门出去，是那片杂乱的常绿灌木，灌木丛通向房子侧面的一条道路，这条道路通往车道。

我的车停在半个街区之外的塔布罗广场，在圣公会教区内的一个拐角处停着。

我就像一个机器人一样，开着车穿过狭窄而荒芜的乡村道路，开上了空无一人的州际公路，我的车被大海一样无际的黑暗吞没。凭着本能，我开向了米尔布鲁克路，开到了我的米尔布鲁克庄园。当我到了楼上黑暗的卧室的时候，时间是凌晨 1：40。伊丽娜睡得很熟，对刚才发生的可怕的事情一无所知；即使她醒来看到我不在她身旁，也会认为我是因为睡不着而去写作室工作了。

可怜的安德鲁！他那么投入地写作。他写作的过程从来都不那么顺利，但是别人，那些不了解他的人，都以为他写得很轻松，根本不需要反复推敲。

在楼下的一间客房里，我洗了脸，脸上的血迹已经干涸变硬。我把浸满鲜血的袜子和衣服脱下来，把它们卷成一卷，扔到了一个大的黑色塑料垃圾袋里，第二天我会把它扔到十二英里外的一个垃圾堆。

我发现，我的背包上也都是鲜血，因此我把它也扔到了垃圾袋里。

我把海德尔的照片、笔记和情节大纲等东西也都塞到了垃圾袋里。但是，我却不忍心把那些无价的书籍扔掉，因为我为了它们，付出了那么多。

做完这些后，我洗了个澡。我洗了头发，最近这些年我的头发越来越稀疏，头发里，也有一些变硬的血块。我搓洗了左手的手背，撒旦用它的爪子挠了这里。我在衣柜里拿了干净衣服换上。我知道我肯定睡不着，因为我所有的感官都处于警觉状态，但是我要在客房的床上躺下，这里的床上散发着令人愉悦的花香和昂贵的肥皂的味道；我太疲惫了，在四点钟左右竟然睡着了，六点钟的时候，心脏怦怦狂跳，我突然从梦中惊醒。

有一会儿，我不知道自己身在何处。我什么都不记得——我的意识是空白的。

然后，一阵恐惧将我淹没，我还闻到夹杂在花香和肥皂香味之中的沼泽地的臭味。

我一下子坐起来，穿好衣服，走到外面，闻到了寒霜的气息。我开着捷豹车到了位于哈德利安北部的垃圾填埋场。当天空微明的时候，我走到垃圾堆里面，手里拿着垃圾袋。我的呼吸很急促，心里有一种莫名的兴奋。我找到一个藏垃圾袋的好地方，把垃圾袋打开，往里面塞了一些乱七八糟的东西，甚至还有孩子的玩具——“这样会迷惑他们!”我把垃圾袋紧紧地系上，把它深埋进垃圾堆里人们永远都发现不了的地方。

我回到米尔布鲁克庄园的时候，惊恐地发现我忘记了关客房和浴室的灯。我还发现浴室的瓷砖地上有一块红色的痕迹，我用湿布把它擦掉了。

不知道伊丽娜起床了没有。她可能起来了，因为已经七点多了。但是我没有听到一丝声响。

对于那些珍贵的书籍，我是这么处理的：毕竟我付出了那么多才得到它们，所以我决定不再小心翼翼地把它们藏起来，而是大胆地将它们展示出来，跟我那些远不如它们珍贵的书放在一起。比如，我要把亨利·詹姆斯的《螺丝在拧紧》（签名初版，1898）放在我收藏的《亨利·詹姆斯鬼故事集》（1961）旁边。布莱姆·斯托克的《德古拉》（签名初版，1897）放在大部头的《好莱坞的德古拉》（1993）旁边。新闻里关于这起案件的报道都没有提到珍贵藏书被偷的事情，这让我断定海德尔的亲戚们对她的藏书根本不了解，因此他们并没有注意到有书失窃了，也没人关心这个。

海德尔的亲戚们关心的东西很粗俗——只有钱。我根本一点都不关心海德尔有可能存在房子哪个角落里的钱，我鄙视她那些鼠目寸光的亲戚，他们觉得杀人就只有钱这一个理由。

早晨很令人愉快，我独自一人在书房里摆放我的新书，而伊丽娜在教友学校上课。在《镜中暗影》和《莫洛博士岛》这两本书陈旧的封皮上，我发现了暗色的液体的痕迹，我用湿布把它们擦掉了——因为像这样古老而珍贵的书籍不可能这么久了还保持它们原来的模样。

“没人会知道。他们以为我很容易就能买到这些书。”

战利品，献给胜利者。

“看啊，安德鲁！这是一只猫，还是一只猞猁?”

伊丽娜刚回到家里，手里拿着一个托盘，上面的马克杯里盛放着咖啡。她兴奋地指着窗外一只有着光滑的黑色毛皮的动物，它离我们的房子大概有一百英尺，正悠闲地走过我们视线所及之处。那是一只大黑猫——可能是一只野猫，或者一只猞猁——在新泽西的这个地区是“濒危”动物。

“多么漂亮啊!”伊丽娜兴奋地叫道。“但是，我希望它不会攻击我们的喂食器喂养的小鸟。”

我转身去看的时候，这只动物消失在房子一侧的灌木丛中，没有扭头看一眼。

第二十二章　有罪的一方

非常奇怪，当我无法以安德鲁·J. 拉什的身份写作及入睡的时候，我却可以以黑桃J的身份处于一种谵妄状态似的连续不停地写作。

写了一页又一页。我的呼吸急促起来。

你已经触到了颈静脉。

无法回头了。

我用粗糙的、刃口发钝的斧头将C. W. 海德尔的头砍裂，我并不觉得对她有愧。奇怪的是，我却感觉愧对艾斯德拉·斯特普斯。

海德尔的头颅其实不是我砍的，是斧头自己砍的，只不过是它的把柄在我的手里。我并没有做什么决定，甚至砍她的头颅来自保这样的决定都没做过。

这件事就这么发生了，而我只是代斧头做了它想做的事。并不是我导致这件事情发生的。

就像很久以前，我爬上坎特蒙特公园矿坑泳池上面高高的跳水板，想寻找刺激——只是轻轻地触碰——轻轻地——我的弟弟埃文，只用两个手指头碰了碰他的背。

他掉下去的时候发出尖叫。他的尖叫劈裂了我的头颅，只不过流出来的不是鲜血和脑浆，而是空白。

到了十一月末，海德尔家的佣人艾斯德拉·斯特普斯被逮捕了。哈伯顿的大多数人（白人）断定这个（黑人）男人是凶手。

多么遗憾啊！——一个（超级警惕的，种族主义者?）邻居向警方报告，在凶杀案发生的当晚，她看到一个“朦朦胧胧的、黑色皮肤的身影”朝着海德尔家的方向走去，并且敲响了大门……我全身黑色的伪装骗了这个老傻瓜，她以为我是黑人；在大多数居民都是白人的哈伯顿，黑皮肤的人就只可能是艾斯德拉·斯特普斯。

“艾斯德拉！真对不起。”

消息一出来，格罗斯曼就给我打来电话。

我知道格罗斯曼迟早会给我打电话。我又忍不住开始磨我的牙齿，因为懊恼和愤怒，我没有办法阻止这个傲慢的曼哈顿律师闯入我的生活。

“安德鲁，太让人震惊了！我碰巧在网上看到了这个新闻。‘海德尔’——这个名字对我来说没有任何意义了。”

我含含糊糊地嘟囔了一句：不。不对，应该是——是。

我的嘴里变得很干涩。说话很困难。

我闯入那个女人的家是要归还她的书，不是要偷她的书。我砍裂她的头颅并不是想杀她，只是想阻止她杀我。

请相信我！

(我并不是在想象向格罗斯曼忏悔——是吗?)

(黑桃J才不会做出这么怯懦的行为!)

格罗斯曼在感叹这起奇怪的凶杀案，那么奇怪的一个人被杀了。

“他们家的一个佣人杀了她，警察这么认为？可能是因为他无法忍受下去了，那个老巫婆总是对他颐指气使。”

格罗斯曼好像想让我跟他一起大笑，但是我保持沉默。我看到手机上显示的来电人姓名，勉强接了电话。我坐在写作室的一张椅子上，身子靠在上面，把胳膊肘放在膝盖上。我的脸扭曲着，下巴不停地动着。希望我没有对格罗斯曼说过任何我不想让他听到的话。

格罗斯曼感叹道：“只有一篇稍长些的新闻报道里提到了海

德尔曾经起诉过很多作家，当然，里面主要提到了斯蒂芬·金的名字——可怜的史蒂夫！下一步，肯定会谣言四起，说斯蒂芬·金偷偷来到哈伯顿，闯进了她的房子，杀掉了总是跟踪他的女人。”

格罗斯曼残忍地笑了。但是这到底有什么好笑的？

“艾略特，这件事很可怕。我遗憾那个可怜的女人以那样的方式结束了生命。当然，我觉得我也解脱了——我的名字没有出现在那篇新闻报道中，我感到很欣慰。看来不如斯蒂芬·金出名还是有好处的……但是我关心的是：佣人是一个为这个家庭工作了三十年的老黑人。他肯定是无辜的。如果他想要抢劫她，可以想什么时候做就什么时候做，而不是趁她在家的时候做。他不用半夜作案，想什么时候都可以。他不会用斧头砍死她。如果他只是想要她的钱，他为什么要杀掉她？”

格罗斯曼一定对我这些火山爆发似的言语留下了深刻印象，或者是惊呆了。在我跟他打交道的经历中，他还是第一次没有马上就做出回答。我很快接着说：

“因此，艾略特，我在想——这个可怜的人需要一个律师为他辩护。他是黑人，肯定会被判冤狱。我不认识艾斯德拉·斯特普斯——当然——我从来都不认识他——但是不管是谁杀了海德尔，他肯定是外面的人，而不是她自己家的佣人；凶手使劲打开了窗户，从窗户闯入，但是她自己家的雇工却不需要这样做。”

我停下来，喘着粗气。我多么聪明啊！因为我自己清楚，窗户并不是“使劲打开”的——它很轻松地就被打开了。我第一次闯入海德尔家的时候，故意把一扇窗户打开一个容成人爬进去的缝隙，在我仓皇逃走的时候，我没有回去把窗户关上。

我告诉格罗斯曼，所有这些我都是从《哈伯顿周报》上知道的。现在全哈伯顿的人谈论的都是这件事，毕竟上一次的暴力杀人案是发生在1971年，那是一起过失杀人案。

“你能帮我做件事吗，艾略特？给那个佣人找一个好律师可以吗？我来付律师费。”

我觉得自己太慷慨了！至少它让我有片刻感觉良好、轻松。

格罗斯曼对此持怀疑态度。为陌生人雇佣律师？为什么我要让自己卷进去？

“因为我做的是正义的事情。我知道那个男人会被判冤狱，我想尽自己所能去阻止这样的事情发生。”

“但是你说你不认识他——？”

“我怎么会认识海德尔的佣人？你知道——我从来没私下见过她。”

这是真的。我曾经给海德尔打过电话，恳求她，我曾经从她手里抢过斧头，劈裂了她的头颅，但我没有私下见过她。

我告诉格罗斯曼这起凶杀肯定是偶然发生的——有人进入房子到处找钱，海德尔非常不明智地跟他发生了正面冲突。“警方找不到任何线索，所以他们逮捕了可怜的艾斯德拉·斯特普斯。可能他是除了凶手之外，最后一个见过海德尔的人。”

格罗斯曼保持沉默。我浑身直冒汗，担心我为艾斯德拉热情的辩护会暴露出致命的破绽。格罗斯曼会起疑，他会怀疑到我身上。

格罗斯曼却若有所思地回答：“或许是他们家族的另一位继承人，海德尔自己遗嘱里面的财产继承人，他/她迫不及待地想要继承遗产。”

我们又聊了一会儿。格罗斯曼答应联系一个擅长刑事犯罪辩护的新泽西律师来接手这个案子，如果那个佣人同意的话。

挂了电话后，我感到如释重负。

我的膝盖都软了，走路踉踉跄跄，但是却充满希望。

第二十三章　掠夺者

“撒旦！回到属于你自己的地方去。”

在房子后面，我举着新买的 0.22 口径的来福枪，追着三十英尺外的黑色动物跑。它在一个谷仓的角落旁停下来，扭过头嘲讽地看着我。我的脚在结冰的草上打滑，扭了脚踝，重重地摔倒。枪声大得让我的耳朵半天都听不到声音——我被枪击了吗？我活着吗——还是死了？

第二十四章　不知悔改的儿子

“安德鲁，我这里有个不好的消息。你的父亲不怎么好。”

伊丽娜小心翼翼地挑拣着词语，因为她知道最近几个月我变得非常敏感。

“你母亲刚才打电话了。她说她希望我们能去临终关怀医院看看你父亲，不然就太晚了。”

临终关怀医院？那里只有一个出口。

伊丽娜看到我脸上惊讶、不信任和怀疑的表情。

“但是你为什么不早点告诉我，伊丽娜？——为什么你和妈妈不早点告诉我？”

对于一个五十四岁的男人来说，说出“妈妈”这个词，我感觉到一种奇怪的慰藉感。

“但是，我确实告诉你了，安德鲁。我想要告诉你……”

“什么时候？”

“在四月的时候，你父亲做了很多检查，那个时候我就告诉你了——你知道，在罗伯特·伍德·约翰逊医疗中心。然后是手术和化疗……”

“不，没人告诉过我。”

“但是，安德鲁——我确定我告诉你了，你父亲上周转到了福尔斯里奇临终关怀医院……”

伊丽娜祈求似的看着我，仿佛是要诱惑她理性的丈夫安德鲁跟她合谋去对抗她不理性的丈夫安德鲁——就是我！

“我说了——没人告诉过我。至少没人告诉过我父亲的身体到底怎么样了，是好还是不好。也没人告诉我他的病有多严重——现在病到了什么程度。你肯定没告诉过我，亲爱的。”

然而，这是真的吗？我有时候好像模模糊糊地知道我的父亲不怎么好。

开车行驶在乡村道路上，经常会看到动物的尸体——有浣熊的、鹿的——它们躺在路边，是被车撞死的。但是出于本能，你不会专门去看它们。

不怎么好可以有很多种解释。最好别去深究到底是什么意思。

但是我想起来了，那么地栩栩如生，以至于我的心脏开始因为怨恨而狂跳。上次我们去看我的父母（是圣诞节？还是他们的生日?）——他们住在离我们仅有七英里的地方，我父亲不在家，肯定是有什么事。

或者是爸爸在家，但是不想见我们。

确切地说，是不想见我。

记起了这些，我的脸红了，我感觉到它在发烫。为什么我一想起这些就感到如此不快？就像有什么脏东西被强行塞到我嘴里一样。

她故意让你心神不宁。这个女人。

她想让我变成个胆小鬼。像那个人——我的敌人一样。

伊丽娜进我的写作室，即使她会轻轻地敲门，我也总是感到非常不安。她有紧急的事要告诉我时，总是不用电子邮件或对讲机通知我。

我越来越讨厌电话铃响起。我现在很少接电话，即使是编辑打来的我也不愿意接。

我难道没有告诉伊丽娜我更喜欢让她用电子邮件联系我吗？我不愿意让她来打扰我的清净，干扰我写作。——但是我想这次是特殊情况。我父亲快死了，他已经多年不见我了，我在乎吗？

事实上，我确实在乎。我因为在乎而感到身体虚弱、不舒服。

“伊丽娜，上次我想见爸爸，记得他‘出去散步’了，在我走之前根本就没回来。”

“是的，但是——你母亲觉得他现在愿意见你了……”

“他不想见我。他假装老年痴呆。”

“安德鲁，他开始这样做的时候，你没有怎么努力，很快就放弃了。他得的是‘老年痴呆’——但是你母亲说，他偶尔也会有清醒的时候。我曾经在电话里跟他说过话……”

“你跟他说过话？从什么时候开始？”

“我肯定你是知道的，安德鲁。我一直跟你的父母保持着联系——我告诉过你。我跟你的母亲关系非常亲密。”

“从什么时候开始？”

“嗯，从——过去的很多年以来……”

“是我的母亲说我‘很快就放弃’了吗？她是要我像一个忏悔者一样爬到他的脚边去亲吻他的脚吗？求他原谅我四十一年零五个月前根本就没有做过的事？”

我的声音听起来很受伤、很痛苦。我听到一个十二岁孩子的声音，那个声音在他的背后低声地说“是他，就是他”。

“你母亲觉得现在，现在他在临终关怀医院，他会愿意见你的。我们今晚可以一起去。”

“今晚！不可能。”

“那——明天……”

“伊丽娜，你看——我跟爸爸的关系三十年来一直不错。我是说——爸爸表现得好像我们两个之间关系还不错。他接受了我弟弟的事是个意外这种说法——他知道我因为那件事变得多么颓废——但是，他为什么突然改变了看法？就是这点最让我愤怒。”

“他是一个老人了，安德鲁。他生病了，他开始，”——伊丽娜停下了，她在找最合适的外交辞令来表达父亲突然讨厌看到我的脸，听到我的声音——“感觉到你在身边不舒服。你母亲觉得是因为六年前，他中风了，却没有诊断出来……”

伊丽娜小心翼翼地说着，为我的父亲辩护。

然而，因为她爱我，她同时也为我辩解。

伊丽娜当然知道埃文。可是关于埃文的事她还不知道。

总有一天，我会告诉她，向她忏悔。

当我们决定结婚的时候，我就知道，即使我不告诉她，也会有人告诉她。

在我讲到一半的时候，话语自己从我的嘴里冒出来。

我没有办法自己说出来，我从来没有办法自己说出来。

他在高高的跳水板上失去了平衡，坠落下去。

那是一起事故，没有人该受到谴责。

我们在坎特蒙特公园的矿坑泳池游泳，我从岩石上爬到了一个临时搭建的距离水面十五英尺高的跳水板上，下面是更深一些的水流。

大一些的孩子喜欢在那里跳水。但是女孩和小一些的像埃文那么大的孩子从来不上到这里。

他为什么跟着我上来！我告诉他回去的。

大多数孩子都不跳水，只是从板上跳下去。我也是这么做的——捏着我的鼻子，跳了下去。埃文也想跳下去，但是走到板子的尽头，他不敢动了。孩子们朝着他喊叫，让他跳下去，我为我的弟弟感到丢人，于是就又爬到板子上，但是我当然没想推他。我当然只是开个玩笑。我没有推他——当然。

就算我动他了，我也只是用两个指头推了一下他后背，他一直犹豫不决，我只是给了他一点点推力。

他一定是害怕了，失去了平衡，侧身掉了下去。他的头部碰到了跳水板的边缘，头骨受创，他入水的角度加重了头骨碎裂的程度——那么一个游泳游得像鱼一样灵活的孩子，就那么软绵绵地、毫无生气地掉到了水中——就像一块岩石，沉入了深深的水中——再也没有了呼吸。

目击者们各执一词，但大体都是说，这是一起事故。

拉什家的兄弟两个。一个十二岁，一个十岁。

安德鲁，埃文。两个孩子在家里都很受宠爱，而现在只剩下一个了。

最后，伊丽娜独自去了临终关怀医院。

我无法冒险再承受一次被父亲拒绝的滋味。

这是孤独吗？是的，是孤独。这么多年来，一直感到孤独。

我一直在想，如果埃文活着的话，这个世界上有多少他没有见过的东西他会喜欢。这不是我的错，但是——这是我的错。

事实是，大家都认为这是一起事故。

没有人责备我。

没有人当面责备我。

第二十五章　好消息！

但是，黑桃J却有了好消息。

他的新小说《鞭笞》在好几个媒体和网站上得到了星级好评——现在，书评家们开始拿黑桃J和斯蒂芬·金相比了！

一位更低俗一些、赶尽杀绝的斯蒂芬·金。

闪开，斯蒂芬·金！黑桃J出场了。

书商们对黑桃J的书也热情高涨——据报道，订单要比之前黑桃J的书的订单多不少。

(令人尴尬的是，他的订单接近安德鲁·J. 拉什新书的订单。)

这难道不滑稽吗？这难道不讽刺吗？

我是该感到骄傲还是该感到懊恼？

自从斧头袭击事件之后（我现在将海德尔家的暴力事件想成是她对我的袭击——而我只是为了正当防卫）——我的专注力明显下降。我在很多事情中看到“幽默”的能力，或者说在事情中看到“快乐点”的能力，下降了。

安德鲁·拉什，承认吧：你嫉妒黑桃J。

震惊，还有一些害怕。

不是吗？

“这个‘黑桃J’！——太让人恶心了。”

我碰巧听到了我的女儿茱莉亚对伊丽娜的抱怨——很明显——是另一本黑桃J的作品，我根本不知道她又读了一本。茱莉亚的评论让我很沮丧，也让我很恼火，我这个吹毛求疵的女性主义者女儿总是在读她称之为“大男子主义－虐待狂垃圾”的小说，可能是为了读完之后谴责它，而她却不愿意读我那些严肃的、积极向上的推理小说，在那些小说中，坏人总是得到惩罚，而好人总是有好报。

我多么希望几个月前，茱莉亚在我的写作室里看到的那些书，我早点把它们藏起来啊！我太粗心了，把它们放在一眼就能让人看到的地方。

住口吧，安迪。你愿意让你亲爱的女儿读我写的书。你也想让伊丽娜注意到它们，但是你妻子这些天心里有别的事情——无论是白天还是晚上。

这个声音用嘲讽的语气说着。虽然我知道这并不是真正的“声音”，我还是安静地站在那里，低着头，倾听他说话。

你知道那件事，安迪——不是吗？

不。我不知道。

你肯定知道。关于伊丽娜和她那个亚裔情人的事。

在另外一个房间里，茱莉亚正在给伊丽娜描述《超能侦探》的荒谬情节，伊丽娜好像在听着。也许，伊丽娜心不在焉，她并没有注意听茱莉亚的猛烈批判，只是礼节性地嘟囔两句作为回应。

《超能侦探》是黑桃J的第二本或者第三本小说。我已经完全忘了它是什么时候出版的。它的题目、情节，都不知道从哪里冒出来的。

“我想告诉爸爸，但是他不愿意听。不管这个‘黑桃J’是谁，他一定认识爸爸和咱们家的人。我读的另外一部小说已经够邪恶了，但是这本更甚！故事是关于一个十几岁的男孩的，他‘意外地’将他弟弟推下了高高的跳水板——然后就一直‘沉浸在悲痛之中’——但是同时他也觉得解脱了，因为他一直嫉妒弟弟。家里的人各执一词，有人相信他的话，觉得这就是一起事故，而有人不相信他，觉得他是故意把弟弟推下去的。现在，他处在中年时期，他跟深爱的女人结了婚，但是他非常嫉妒她，想要找到一个办法‘意外地’杀掉她……这个部分是虚构的，但是里面关于那个溺水男孩的故事，肯定是以发生在爸爸身上的故事为原型写出来的，他小时候，他弟弟也是意外地溺亡。我不知道具体细节，妈妈，但是，这绝对不是巧合，你不这么认为吗？”

“哦，茱莉亚。我没有读这本小说，但是从你说的来看，我根本不想读。发生在坎特蒙特公园的那起事故——你爸爸十二岁的时候发生的——当地的报纸做了报道，这个地方的人都知道那件事。你说‘不只是巧合’是什么意思？”

“我想，有一个爸爸认识的人，可能是他的作家朋友，在用爸爸生活里发生的事情写作，却又把发生在他身上的事稍作变化，让它们读起来丑恶不堪。这里面的细节和背景不是从媒体的报道中就可以知道的。爸爸好像根本就不知道这件事，或者说是不关心。我想让他读黑桃J的另一部小说，但是他拒绝了。他说这只是巧合，没什么要紧的。但是我觉得……”

“为什么不把那些垃圾书扔掉呢，茱莉亚？即使他们的素材来自你父亲的生活，那对你或者家里任何一个人有影响吗？或许你父亲真的认识那个作者，或者你父亲很难过、很生气，但是你知道你父亲不会去怀疑任何人的。”

“当然我知道爸爸不会去‘怀疑’任何人。但是他应该小心，不要什么都跟那个人说，那个人就像吸血鬼一样在吸掉爸爸的生命。”

“哦，茱莉亚，你相信‘吸血鬼’吗?”——伊丽娜笑了。

“以前我从来不信。但是现在，最近，我不确定了。”

“但是安德鲁能做什么，去阻止那个人?假设他的生活中有一个‘吸血鬼’?”

“爸爸能做什么?那取决于他自己。”

第二十六章　“对于我来说太黑暗了”

在新泽西的哈德利安的邮局，我邮寄了一个精心包裹的小盒子，里面装着五本平装书，邮寄给斯蒂芬·金在缅因州的家。

我用印刷体题写了几行字，笔迹看起来跟我的笔迹一点都不一样。

敬献给——斯蒂芬·金——

总有一天会成为你对手的——

“黑桃J”

回信地址是我在哈德利安租的邮箱。我并没有指望这位繁忙的作家能给这几本来路不明的书的主人回信，就像他也没有给安德鲁·J. 拉什回信一样。

几周后，我收到了一张写给“黑桃 J”的字迹潦草的明信片，可以想象我有多么惊讶。明信片上写着：

不论你是谁——“黑桃 J”——**你对我来说太黑暗**了。另，我们**不是**对手。

S. K.

第二十七章　嫉妒的丈夫

承认吧，安迪，你嫉妒得要死。

你嫉妒黑桃J，你嫉妒这个女人。

你还嫉妒那个亚洲人，他的名字叫什么来着——黄立？

当着我妻子的面，我从来没有表现出来嫉妒。连一点蛛丝马迹都看不出！

一颗受伤的心是看不出来的，不像一张受伤的脸一样，一眼就能让人看到伤痕。

“我爱你，伊丽娜。我不知道没有你我该怎么办……”

“安德鲁，别傻了！你怎么会‘没有我’？”

伊丽娜吻了我，我们突然拥抱在一起。

伊丽娜或许闻到了我嘴里威士忌的味道，而我，或许闻到了她头发中散发的香气。

平常的这个时间，伊丽娜通常都要出去。我不知道她在哪，虽然我希望她能告诉我。她走之前会为我准备好晚饭，放到冰箱里，我只需要在微波炉里加热就可以了。

或许，这个女人往你的食物里放了毒药。

砒霜能够让人慢性中毒。砒霜中毒会表现出很多种症状。

出于愤怒，同时也是出于谨慎，我会把这个女人给我准备的食物倒进垃圾箱里。打一个电话，就有丰盛的晚餐送到我的家里来。去它的食物吧，威士忌才能安抚男人的胃口。

当我质问伊丽娜她怎么总是晚上去教友学校开会，她轻轻地带着谴责的语气告诉我，她没有去学校，她去看我的母亲了，因为自从我的父亲死后，她感到“孤单、被抛弃”。

有时候，我想起来她去我母亲那儿了，给她打电话，她不接，说她在开会，手机必须关机。

有时候，她说她去蒙特克莱尔跟她的家人度过了一夜。

有时候，她说她在纽瓦克跟克里斯或者戴尔吃晚饭。

(为什么他们一起吃晚饭，唯独缺少他们的爸爸？我不清楚。但是他们的爸爸太骄傲了，不会去问他们原因。)

“安德鲁，我告诉过你我要去哪儿。我要不要把这些东西写下来，然后写上电话号码?”

是的。不。

你为什么要管这个女人做什么?

这是你的致命弱点吗?

第二十八章　“你的灵魂下地狱去吧”

一天，我在傍晚的时候回家。开车走在米尔布鲁克路上，天下着微雨，我看到车前方大约三十英尺的地方有一只黑色皮毛动物，有狐狸或者山猫那么大，正在慢悠悠地跑过马路。它朝我看过来，黄褐色的眼睛在车灯的照耀下发着光，眼神里带着狡黠和挑战的意味。

“你的灵魂下地狱去吧!”——这个声音非常愤怒、非常委屈，根本不像我熟悉的自己的声音。

我的第一本能就是刹车，绕过去避免碰上这个动物——（这样我自己就有翻车的危险）——但是我的第二本能，要精明得多，就是继续往前开，一点都不动方向盘，脚下猛踩油门。

我的车前轮撞上了——什么东西……我感觉到碰撞的那一

下，车震动了一下，我的脊背也像触电一样跟着颤动了一下。

我确定车速最多增加了每小时十英里，然而我的捷豹却偏向了湿滑的人行道，几秒钟的混乱后，车侧翻到了沟里。

庆幸的是，我的车没有撞上栅栏。我这个莽撞的驾驶员可能是撞到了挡风玻璃上，然后失去了意识。

恢复意识之后，我使劲打开了车门，两腿颤抖地沿着路边往前走。

事实上，确实有什么东西被撞了，它躺在路边，是一个长着黑色皮毛的小小的尸体。

但是，在它身上却看不到任何垂死的挣扎，也没有流血。它的眼睛睁着，但是并不是黄褐色，也没有闪着蔑视的光芒。

无论这只动物是什么，它已经死了很久，尸体都已经无法辨认了。

傻瓜！你看错地方了。

第二十九章 “事故”

现在是时候了——让安迪·拉什再去完美地犯一次罪。

几个月来，有一个想法一直在我的心里徘徊不去，就像一个小肿瘤。每次我去检查它的时候，发现它长得越来越大。

当然，这会是一起事故。开着车沿着乡村道路向前，有一个骑自行车的人——车“失去控制”——撞上了骑自行车的人。

没有目击者，谁知道是不是因为骑车的人太鲁莽？骑车在路上走，突然急转弯——就是这样。

我跟妻子聊教友学校的时候，再也不问关于“黄立”的事。因为我知道这个人是我妻子的情人，我必须表现得不怀疑他，甚至根本没有注意他。

但是，凌晨时分，在黑桃J的书桌前写东西的时候，我会拿笔像写墓志铭一样写下这几个字：

黄　立

愿灵魂安息

我知道这位颇受欢迎的数学老师几乎每天都骑车去学校，即使下雨天也是这样。在雨天，他会穿一件亮亮的黄色雨衣。只有在冬天，或者道路几乎无法通行的时候，这位长着黑发的亚洲人会开车——当然，是一辆省油的本田思域车。

我仔细地算计着黄立什么时候可能骑车去学校或回家，在整个3.8英里的路程中，他会走哪条路。

我沿着他可能走的道路走了好几次，开到黄立家位于东榆岭路299号的房子附近。他和妻子及两个孩子住在里面，生活在哈伯顿的“中产阶级”城郊社区里；很多次，我开着车经过他的房子，开到哈伯顿，转回来，又沿着原路开回去，努力保持平静。

耐心。小心。时间由你掌控，安迪·拉什！

在我做这些事的时候，黑桃J陪着我。

如果没有黑桃J，我会多么孤单！

在我的两腿之间，谁都看不到，放着一个小小的银色酒瓶，里面装着一种丝滑的液体，是由黑桃J推荐给我的，他说可以抚慰焦躁的情绪。

那天很冷，天气阴沉。在早春时节，遇到这样的天气，很少有人会骑自行车，因此我推断，如果黄立在路上，我会很容易认出他。

对于安迪·拉什来说，这段时间过得并不快乐。又开始磨牙。

即使是我亲爱的跟人通奸的妻子都觉得感慨，因为我们的儿子克里斯和戴尔与他们的父亲越来越疏远。我不知道到底是为什么，甚至不知道从什么时候开始的。

这些可恶的孩子被宠坏了，他们不知道父亲为他们付出了多少……

我觉得有一点很可疑，他们周日回来吃晚餐了——装作好像是偶然似的。伊丽娜一直在笑。

黑桃J向我透露了这个秘密。眼光敏锐的黑桃J注意到孩子们互相使眼色，还跟他们的母亲使眼色。

上帝！这种交流方式太笨了。

小心，朋友。注意你的背后。

可能他们对我的不尊敬开始于他们长得比我高了之后。是哪一天，哪一个时刻，我们的身高发生了逆转？

从照片上，你能够看到孩子们的成长。在生活中，你却不能。

现在，男孩子们二十多岁，都比他们的父亲高。跟他们的父亲长得不太一样。

不要过去，安迪。现在不要。

克里斯紧张地舔着嘴唇，戴尔抠着鼻子（他以为没人看见。）他们满脸惭愧的母亲半数时间藏在厨房里。

最后，这顿尴尬的晚餐快结束的时候，伊丽娜借口去厨房收拾，克里斯微笑地朝我转过来，用嘶哑的声音跟我说："爸爸，我想我们应该谈谈……"

戴尔也结结巴巴地插话说："是的，爸爸，我觉——觉得我们应该……"

他们平静的父亲朝他们笑了笑，说："所以？谈吧。"

看着他们涨红的脸和焦虑的眼睛，我真想笑。

他们的表情很严肃。如果不是娇纵他们的父母毫无怨言地为他们付了昂贵的大学学费，甚至还包括研究生课程的费用，他们两个人都会负债累累。

现在，他们出轨、跟人通奸的母亲背着我把他们叫回来。

如果说一个男人很讨厌一件事，那这件事就是对家人使阴谋诡计。

"克里斯，如果你需要借钱，告诉我。我还从来没拒绝过你，不是吗？"

克里斯是兄弟两人中年长的一个，比戴尔大两岁，因此也比戴尔欠的债要多些。他是一个乳臭未干的小子，长着一张像年轻时候的布拉德·比特的脸。他盯着我，好像我要在他脸上扇耳光似的，过了一会儿，他张了张嘴，但是没有说出话来。

“我——我不是来借钱的，爸爸……我——我们——来是想跟你谈谈妈妈告诉我们的事。”

克里斯瞟了戴尔一眼，他正跟一块石头似的坐在桌前，揉着他的鼻子。

我困惑不解地问他们，声音中带着一丝责备——“是吗！‘妈妈’告诉你们什么了?”

“她说——说——你喝酒越来越厉害了，爸爸。她说——”

“——你总是对她生气，你还威胁她——”

他们的爸爸还在控制着自己不发脾气。

“‘威胁她’——真的？怎么威胁她?”

“妈妈说你抓住她，使劲推她……”

“她说你喝了酒就会发脾气，说你的酒量有些得寸进尺……”

“‘得寸进尺’——这真是一个很大的词。儿子们，你们有什么证据?”

“妈妈告诉我们的……”

“妈妈说……”

爸爸提高了声音，叫妈妈：“嗨，‘妈妈’！过来，‘妈妈’！他们对‘爸爸’的指控很严重啊。”

“爸爸，你现在就喝醉了。上帝!”

“爸爸，你别像这样对妈妈大喊大叫。你——你不能这样对妈妈大喊……”

“我不能吗？这个房子是谁的？——家里所有的财产是谁的？”这里由谁掌管？**“妈妈！”“妈妈！”**

伊丽娜很聪明地躲开了。她可能躲到房子的某一个角落藏起来了。

“爸爸，该死的，你醉了。我们就是要谈这个——”

“这是什么？是他妈的‘调停’吗？全家合伙反对父亲？是谁密谋的？”

“爸爸，我们不是反对你。我们只是想，想——”

“——想看看你是不是有什么事情——”

“——在你的生活中，是否——”

“——是否有什么——”

“看，儿子们。”（我非常平静，甚至是充满爱怜地说出了“儿子们”这个词。没人会认为我的语气是嘲讽或者愤怒。）“这些天来，情绪不稳定的是你们的母亲。女人在她这个年龄——你们知道……‘更年期’。她在那个可恶的教友学校耗尽了精力，得到的是道德上的高尚感，薪水却少得可怜。她和那些左翼自由派同事们是最偏执的人——他们这才是得寸进尺。去问问她！质问她！告发她！我没有醉。”

这是真的，我只是喝了一些白酒，就儿子们所知，只是一些白酒。

你在这个房子里没有放着枪支，真是太不好了。

如果你要是有枪，儿子们就不会不尊重你了。

我把椅子往后推了推，想要站起来，有尊严地离开这个房间。

当然，他们在我背后喊——“爸爸？嗨——爸爸……”

当然，他们跟在我后面说——“爸爸？求求你，我们想跟你谈谈……”

伊丽娜也跟在我后面，但是小心翼翼地跟我保持距离——“安德鲁？亲爱的，求你……”

我走到外面，上了捷豹车。要去外面透透气。

你不爱他们，都是胡说八道。

你从不爱他们，你知道的。

你为他们放弃了那么多，好好先生。

现在——看你的了。

就在这时——我看到了！——一个骑自行车的身影跟我朝同一个方向前进，就在东榆路上。周围没有人。

是黄立。我马上就意识到了。身材瘦长、四肢很长，穿着教友学校的栗色运动衫（伊丽娜也有一件），带着一个亮闪闪的黄色头盔。我靠近他的时候，把脚使劲踩在油门上，我能看见，或者说开始看清了他扁平的亚洲脸庞——他转过头，朝后面看过来，突然意识到危险——但是太晚了。

该死的，你的灵魂下地狱去吧。所有的人。

第三十章　撞人逃逸

“上帝啊。不。”

这个骑自行车的人转过脸来，我才看清——我的大脑里印象很深——这个人不是成年人，而是一个十几岁的少年——他有着亚洲人的特征，黄色头盔下可以看到黑色的头发——深色的眼睛因为恐惧而睁得很大——不是黄立。然而，太晚了：捷豹车撞上了骑车的人，他的身体扑倒在车玻璃前，然后摔落下去，惨叫，金属撞击金属的声音，自行车被车轮碾压在下面……

骑车的男孩像个布娃娃似的滚到了路边，他发出尖叫的同时也停止了尖叫。

黄色头盔下流出了血，细细的一条，流到了人行路上。这一条细细的血流几秒钟就会变成一团血泊——如果有人待在这儿耐心观察的话。

第三十一章　地点变更

第二天早晨，我给我在纽约市的经纪人打电话。

他做安德鲁·J. 拉什的经纪人很久了。

我快速地重复自己背下来的话，想要先发制人：

“我——我决定退休了，巴尼。我不想写完最后一本小说了。坦白地说，我实在受够了。我现在还没想好题目，都快一年了。”

巴尼感到很震惊。他认识“安迪·拉什”三十多年了——一个乐观主义者，总是很善良——到底怎么了？

“你说的是哪部小说，安迪？——是《交错》吗？它的题目不就是这个吗？”

“不。还没有题目。我从没想好过题目。”

“但是，安德鲁，我们谈谈。你告诉过别人了吗？”

“没有。”

但是这时我想回答的是，是的。

“安迪，听你说话好像不是你自己了。你生病了吗？你发生了什么事吗？”

电话那头说话的是我在纽约的朋友，他总是说新泽西像乡下。他的语气带着一种微微的嘲讽，往常，我总是会机智地用俏皮话反击他，我会嘲笑纽约疯狂的快节奏，房子的高价格和时髦却嘈杂不堪的饭店。但是今天，安迪·拉什保持着沉默。

“安迪？你跟伊丽娜谈过这事吗？”

“伊丽娜现在不在，巴尼。我要挂电话了。”

“等等！伊丽娜去哪儿了？”

“我说过——伊丽娜现在不在，巴尼。如果你想跟她说话，那是你跟她之间的事。”

“安迪，你这是什么意思？你跟伊丽娜——分开了？”

“我要挂了，巴尼。请不要再打过来了。”

“安迪，看在上帝的份儿上，让我来看看你吧——我坐今天的火车。下午见？可以吗？大概四点？”

挂掉电话。他打过来也不接。

删掉电子邮件。巴尼会明白的。

我坐在写作室里构思黑桃J下几部小说的情节。我会把这些小说设置在一个很有异国风情的地点，它们经常在经典的电影中出现：丹吉尔、里斯本、海地、意大利的阿马尔菲海岸或者是西西里岛。要么是上海？

因为黑桃J已经厌倦了新泽西，因此故事发生的地点必须变更。

真令人兴奋！我的手指在键盘上飞快地跳动，而我的心也飞快地跳动。

这几部黑桃J的小说会将A.拉什小说错综复杂的情节和黑桃J粗糙的风格及快节奏的情节推进结合起来。小说融合了斯蒂芬·金、米基·斯皮兰、克里夫·巴克、杰·克凯彻姆、恰克·帕拉尼克等作家的小说的元素，再加上撕心裂肺的屠杀……兴奋感像火焰一样燃遍了我的全身。

第三十二章　自我毁灭

今天早晨，我下定决心。

盯着报纸上十七岁的本杰明·常的照片，旁边写着说明：家住东榆岭路的教友学校学生遭遇交通事故，肇事车主逃逸，现在该学生在纽布朗斯维克医院，情况危急。现在仍没有目击者出现。

唯一能摆脱黑桃J的办法就是摆脱安德鲁·J. 拉什。

“必须阻止他。必须阻止我。”

必须在坎特蒙特公园，矿坑泳池，深水之上的跳板。

一个完美的循环。

我最亲爱的伊丽娜：

记住你爱我的时候我的样子。

请你相信——我从未停止过爱你。

我要离开你和孩子们了，因为我对你们来说是一个威胁。

* * *

你读到这封信的时候，我已经离开了。

你知道我遗嘱的细节，你是我的遗嘱执行人。

在这个信封里，我会留下具体的说明。

我想说——我不应该受到谴责。

然而——我应该受到谴责。

请原谅我！

爱你的丈夫

安德鲁

在这样一个空空如也的房子里，竟然有那么多的时间。

时间延展开来，铺满整个真空的空间。

我有很多的时间写信给哈伯顿法院，向他们坦白我用斧头杀死 C. W. 海德尔和盗走那些珍贵书籍的事；向他们坦白我撞了本杰明·常之后逃逸的事。我有足够的时间将我盗来的书从书架上取下来，把它们连同那本《超感》，一起放到一眼能让人看到的桌子上。

在写给伊丽娜的信的信封里，我放了几张支票——每张五十万美元——是分别给艾斯德拉·斯特普斯和本杰明·常的。我会跟伊丽娜解释这些支票的用处，恳求她尊重我的意愿，我毫无疑问，她肯定会的。

上帝知道，这是一笔微不足道的补偿。

停下！你疯了吗？你是在吓唬人。

这是安德鲁·J. 拉什一次愚蠢的、无用的阴谋。是不顾一切地试图从黑桃J那里抢夺故事的结局……

凹陷严重的捷豹车停在车库里，没有再开过。它已经成为了令人耻辱的车，（我知道）伊丽娜很快就会卖掉它。

我把那个银色的的小瓶里又倒满了酒，这是最后一次。

好的——喝一口！两口。

喝一点威士忌好让你混乱的头脑清醒清醒。

但是我的头脑越清醒，我自我毁灭的决心越坚定。

在坎特蒙特州立公园，我把旅行车停到了泳池附近。在早春的这个寒冷的日子里，公园里几乎荒无人烟。

天空是那么的蓝，我的眼睛里蓄满了泪水。

开车到这里比我记忆中要远。我开始往跳板的地方爬，现在已经上气不接下气。我像螃蟹一样横着向上爬，爬过泥土色的、奇形怪状的岩石（现在上面都是涂鸦），对于我这样一个五十四岁的人来说，爬到上面不像十二岁时候那么容易。这是我最后一次来这里。

别那么多愁善感了！你对你兄弟的死不负有任何责任。事实上，你连他长什么样都忘了。

我看到了那块临时跳板。这么多年来，它似乎没有丝毫改变。

但是不如我记忆中那么高。有十五英尺？十二英尺？

水面上覆盖着一层冰壳，就像眼睑覆盖着眼睛一般。

你在做什么？你疯了吗？

你是在玩角色扮演吗？是吗？

我在我的尼龙夹克口袋和卡其布裤子口袋里装了很多大石头。我穿了非常沉重的徒步鞋，它们绑在我的脚上，让我步履蹒跚。我很小心地爬上金属楼梯，爬到了梯子顶端，非常小心地朝跳板走过去。突然，空气变得特别寒冷！跳板不像在地面上看起来那么平静。

一阵恐惧朝我袭来，只要一阵风吹过来，我就有可能失去平衡而掉进冰冻的深水里，在我还没有准备好的时候……

那么多年过去了，埃文死了那么多年，而我依然活着。

“对不起，埃文。无论我做什么，或想做什么，我的生命中始终都有阴影。”

胡说八道。你恨你弟弟，是你把他推下了跳板。

也许你不想让他死，但是他死了。

我会从跳板尽头迈出步去，我将垂直地摔落下去，我的胳膊紧贴着身体。我会垂直地掉下去，脚先落进水里。

我会像刀锋一样尖利地刺入水中，将水里的薄冰斩碎。

水面会泛起涟漪，之后我就会沉入深水之中。但是不会有目击者大喊：

那个孩子！他没在游泳，他沉进去了……

快点来人，去救救他——这个男孩……

在跳板的尽头，我静静地站着。我的眼前突然出现一片黑影，我无法看清楚。因为寒冷，因为对即将到来的事件的兴奋，我的身体开始颤抖。

“没有别的办法了。这是正确的决定。”

要毁灭邪恶，必须毁灭邪恶寄居的地方，即使那个地方是我们自己。

我想我会因为突然受到刺激而死，因为我已经不是十二岁了。我现在五十四岁，心脏状况不好，就像肌肉痉挛一样，它经常会抽搐。我从未告诉过别人这种状况，因为我对死亡这个词讳莫如深，我非常害怕死亡这个词的含义。我会因冰冷的水拍打我的胸部、脸部和眼睛而死。如果幸运的话，我受到的刺激会让我在几秒钟之内就失去意识。我会像任何溺水的人一样，张大嘴想要呼吸，而吸入肺里的却全都是水。

你不会的。你不会的。你要杀我，必须先杀死你自己。你没胆量，你是胆小鬼。你不会的。

在跳板的尽头。跳板有一丝颤动，刚刚可以觉察到，跳板发出轻微的咯吱咯吱的响声。头顶上，天空是那么蓝，阳光刺眼。我静静地站在那里，身体站得笔直，昂着头。我的口袋里都是沉重的石头。尼龙夹克，卡其布裤子。黑桃J依然带着不屑和嘲讽在观察我，然而他现在知道我是认真的，他的笑声变得尖锐而充满怀疑。你不能。你不会。该死的，你的灵魂下地狱去吧。**你不会的。**

我现在深吸一口气，带着赴死的决心。我感觉到了有什么东西在动，就像呼吸一样轻柔，有什么东西或什么人在我背后。

我颈部的汗毛竖了起来，我处于一种充满希冀的狂喜之中。我没有回头，没有退缩，当手指轻轻地推我的后背时，我跌落到了空中。